高階・下

小學生古詩遊

聽讀學

● 邱逸 著 ●

中華教育

序

一年前的一個下午，一個偶然的文人茶聚，我們跟一些朋友聊到孩子「閱讀經典」的重要。

同是學習語文，我們都深刻體會到「詩教」對想像力、創作力、鑒賞力、理解力，乃至個人修養的莫大益處。

在詩歌的世界裏，我們欣賞了「白毛浮綠水，紅掌撥清波」的童趣，看到「孤帆遠影碧空盡」的意境，領略「秦時明月漢時關」的厚重，體會「此物最相思」的情懷，感覺「卻教明月送將來」的趣味。當然，還學習了「力拔山兮氣蓋世」的史事和「勸君惜取少年時」的教誨。

二千五百多年前，孔子告訴我們，學習詩歌，可以讓一個人變得「溫柔敦厚」。自此以後，詩歌就成為了孩子們的啟蒙讀物，也成為了烙印在中國人內心世界的優良文化。上至王侯將相，下至販夫走卒，總會背誦兩三句——「牀前明月光，疑是地上霜」、「誰憐寸草心，報得三春暉」。

然而，隨着科技的進步，生活節奏的加速，詩歌好像成了夏日的舊棉襖，被擱在一旁。或因為它過於艱深；或因為它不合時宜；總之，有千百種原因不再讀詩。

詩歌是中華文化千錘百煉的寶藏，是訓練孩子想像和視角的關鍵，是文字的樂高遊戲；因此，我們決定讓詩詞變得有趣，變得可親，變得平易近人。首先，在選材方面，我們以香港教育局課程發展處（中國語文教育組）選定的一百首詩歌為基礎，重新編目，這些詩歌經過諸位專家、學者的考訂，程度切合香港小學生，也能配合他們日常學習需要。我們從孩子的感知和生活情境入手，孩子對甚麼先感興趣，我們就先選該詩解讀，篇幅適中，意象單一，比喻生動，由淺入深。

其次，在譯註方面，我們放棄了傳統的逐字解釋，也不追求字句的對譯；反之，我們選用了「意譯」的方法，務求把詩句的意境描繪出來。畢竟，古人觸手可及的事物，今日已成了紙上陳跡，孩子們不易掌握。故此，我們儘量用今日的語言，把舊時的意象表述出來，帶領孩子們慢慢走進詩人的情感世界。

再次，在品德教育方面，我們希望能做到「古為今用」。古人的情懷，孩子或許難以感受；可是，昔日的美好價值觀卻能通過詩歌來繼承。王之渙的遠大志向、虞世南的莊敬自強、王安石的高潔傲骨，都是我們想帶給孩子們的美好品德。

最後，在表述手法方面，除了文字，我們還邀請了葉愷璵、楊樸摯兩位小朋友參與，替這一百首詩歌錄製粵、普音頻。孩子只要用手機掃一掃頁面上的二維碼，就能直接連結到音頻，一邊聽着兩位雖不甚標準卻天真爛漫的朗讀，一邊感受詩歌的優雅。

《論語・陽貨》說：「詩可以興，可以觀，可以群，可以怨。邇之事父，遠之事君。多識於鳥獸草木之名」。這正好替我們總結詩歌的三大功用：（1）訓練孩子的聯想力、觀察力、團隊精神與批判思辨能力。（2）教導孩子孝敬父母與處世之道。（3）教授孩子大自然常識。簡而言之，我們期望本書能陪伴着孩子成長，讓他們用最有趣的方法、在最輕鬆的環境下學習悠久的中國文化。

葉德平、邱逸

丁酉年正月初三

目錄

狀物

繪景

抒情

古詩十九首

動態時報　　關於

基本資料

簡介

《古詩十九首》是東漢末年的五言古詩之統稱。作者已不可考究，並不是同一時間或詩人所寫的。

《古詩十九首》的內容多寫離別和仕途的失意，用字質樸，樸實自然。

更多……

首頁

朋友　　相片　　更多▾

【年度之樹】

小編今年收到很多以樹為描寫對象的詩句，這就來宣佈一下小編心中的排行榜吧！

第一名：庭中有奇樹

第二名：綠葉發華滋

第三名：攀條折其榮

大家有沒有覺得很眼熟呢？沒錯，都是來自同一首詩的！（←小編的私心呵呵呵）

682　　493留言

庭中有奇樹

佚名・古詩十九首

庭中有奇樹，

綠葉發華滋。

攀條折其榮，

將以遺所思。

馨香盈懷袖，

路遠莫致之。

此物何足貢？

但感別經時。

語譯

庭院裏有一株樹，滿樹綠葉，花朵茂密。

我攀着樹枝摘下鮮花，要送給想念的人。

花香充滿了我的衣袖間，可是，

我們相距這麼遠，沒辦法將花送給他。

此花不是珍貴之物，只是我們分開太久，

想藉着花表達懷念之情。

掃一掃

聽錄音！

歷史文化小知識：古詩十九首

《古詩十九首》是五言詩選輯，由南朝蕭統從東漢末年的無名氏古詩中選錄十九首編入《文選》而成。東漢末年社會動盪，《古詩十九首》產生於這樣的時代，所以內容多寫離愁別恨和彷徨失意。它的藝術成就很高，長於抒情，善用事物來烘托，並寓情於景，語言樸素自然，描寫生動真切，劉勰稱之為「五言之冠冕」（《文心雕龍》）。

寫作背景：思念

《庭中有奇樹》是《古詩十九首》的第九首，和其他十八首詩作一樣，作者不詳。一般相信，從《古詩十九首》所表現的情感想像、藝術技巧，並由此帶出的社會問題，成詩應在東漢末獻帝建安之前的幾十年間。至於《庭中有奇樹》的具體創作時間和作者身份則難以考定，只能從字裏行間，看到詩人以在家婦女的角度，**思念身在遠方的丈夫**。

一 tíng zhōng yǒu qí shù
庭中有奇樹[1]，
lǜ yè fā huā zī
綠葉發華滋[2]。

二 pān tiáo zhé qí róng
攀條折其榮[3]，
jiāng yǐ wèi suǒ sī
將以遺[4]所思。

（轉 14 頁）

1. 奇樹：佳美的樹木。
2. 發華滋：花開得很茂盛。發：花開。華：同「花」，粵 faa1（花）普 huā。滋：茂盛。
3. 榮：花。
4. 遺：贈予、致送。粵 wai6（謂）普 wèi。

一

詩人先從環境描寫入手：婦人到**樹下折花的情景**。其時，樹、葉、花都開得燦爛迷人，生氣勃勃，讓讀者讀來也舒暢開朗。婦人面對春意盎然的情景，忍不住攀着枝條，折下了最好看的一束花，要把它贈送給日夜思念的丈夫。詩句**語言樸素**，將婦人所行所思，自然地描寫出來，也告訴我們詩歌的主題：思念。

二

我們會想到這位婦人已和丈夫離別許久，在冬去春來的日子，婦人彷如看到重見丈夫的希望，便情不自禁地折下一枝花來。但我們讀到這裏，會為她的孤獨和思念，感到無限惆悵和感慨。詩人呈現了一個春來大地的景象，一切看來充滿希望；但希望之中也**蘊含着愁思和等待**，並為下句的轉折留下伏筆。

（接 12 頁）

xīn xiāng yíng huái xiù
三 馨香盈[5]懷袖，
lù yuǎn mò zhì zhī
路遠莫致之[6]。

cǐ wù hé zú gòng
四 此物何足貢[7]？
dàn gǎn bié jīng shí
但感別經時[8]。

5. 盈：充滿。
6. 莫致之：不能送到。
7. 貢：奉獻。一作「貴」。
8. 經時：經過了很長的時間。

詩人以「馨香盈懷袖」帶出婦人所選的花之奇香和珍貴。由此可見，花是婦人所精心挑選的，因為她心中有如此**強烈的思念**，才透過折花來寄託深切的思念。但緊接一句，婦人好像突然醒來：她和丈夫遠隔重山，該如何憑花寄意？古時交通不便，通信已很困難，更不用說送遞容易凋零的鮮花，我們不難想像婦人對着香氣懷袖時的**無可奈何**。

四

詩人在最後兩句道出婦人在好夢醒來後自我安慰的話。好花不足貴，那足貴的是甚麼呢？是夫婦相聚的日子。只是，人生苦短，他們還要等待多少個日日月月呢？

全詩由物到情，層層深入，感情由起到伏，委婉含蓄，**詩人藉花的珍貴美麗，來比較相聚的可貴**，把深深的思念寫在平淡的句子之中，感情豐富而不外揚。

主旨

詩人寫一個婦女對遠行的丈夫的深切懷念之情，借物言情，寫來樸素自然。全詩**感情曲折**，由睹物到思人，由樹到葉，由葉到花，由花到採，由採到送，由送到思，環環相扣，由景到情，讓人讀來對婦人的際遇歎息不已。

寫作技巧：對比

「對比」就是把兩個相對的事物，或同一事物的**兩個不同方面放在一起加以比照**的修辭手法。在《庭中有奇樹》裏，詩人不直接說出全詩重點，即「思念」，而是以珍貴的花對比更珍貴的相聚，通過兩者對比帶出主題。

詩與生活

母親節的時候，你會送甚麼給親你愛你的母親呢？你覺得是用金錢買花來得珍貴？還是由你親手製作一張感謝卡珍貴呢？為甚麼？

白居易

關於

基本資料

生卒
公元772—846

官職（部分）
刑部尚書

詩歌風格
言語淺白通俗，
重視反映現實

字／號
字樂天，
自號香山居士

朋友・512

朋友 相片 更多

白居易 ▸ 顧況

之前顧老先生於在下初到長安時贈言「長安米貴，居大不易！」今天我剛寫好了《賦得古原草送別》這首詩，希望顧老先生點評點評！

97留言

顧況 能寫出這樣的好詩，居天下也不難！我之前說笑而已，白老弟不要在意！

元稹 這是一首應試詩，是為考科舉試而寫的習作。韻腳被限定，作法上又有很嚴謹的束縛，一向甚少佳作，但白兄的這首詩卻寫得很妙！了不起，了不起！

賦得古原草送別

白居易・五言律詩

離離原上草，
一歲一枯榮。
野火燒不盡，
春風吹又生。
遠芳侵古道，
晴翠接荒城。
又送王孫去，
萋萋滿別情。

語譯

荒郊平地上長着茂盛草兒，
每年野草都春開秋枯，循環不息。
荒郊的大火是燒不盡花草樹木的，
春天的風一來，萬物又再生長。
遠處的野草野花開遍古道，
豔陽下草地盡頭是荒棄的城池。
我又一次送走知心的好友，
茂密的青草代表我的深情。

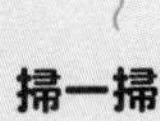
掃一掃

聽錄音！

歷史文化小知識：科舉

本詩是一首應試詩，是詩人白居易為科舉考試而寫的作品。科舉制度，是我國古代考試選拔官吏的制度，因為分不同科目取士，所以叫做科舉。科舉制從隋朝開始實行，直至清代末年，前後經歷一千三百餘年，是世界延續時間最長的選拔人才的辦法。科舉制改善了魏晉南北朝時期用人唯親的制度，打破官員世襲關係和世族的壟斷，社會中下層的讀書人能通過考試進入社會上層，獲得施展才智的機會。

寫作背景：應試之作

雖是為考試而作，但詩人白居易才華出眾，一首束縛極嚴的應試詩也能寫得有情有理，題淺意深，物情打成一片，意境渾成。

一	lí 離	lí 離[1]	yuán 原	shàng 上	cǎo 草 ，
	yí 一	suì 歲	yì 一	kū 枯	róng 榮[2] 。
二	yě 野	huǒ 火	shāo 燒	bú 不	jìn 盡 ，
	chūn 春	fēng 風	chuī 吹	yòu 又	shēng 生 。

（轉 24 頁）

1. 離離：茂盛的樣子。
2. 枯榮：枯，枯萎；榮，開花。枯榮，一合一開，是萬物生長的規律。

詩人以古原野草來比喻朋友間的離別。首句描寫「古原、野草」，既是人去樓空的荒涼，又是草木遍地的茂盛。選詞上，詩人以「離離」來描繪古原萬物盛況，野草是一年內生枯的植物，故春榮秋枯，歲歲循環。技法上，詩人以「一」字來複疊，有音律有節奏，給人生生不息之感。詩人在此留下伏筆：春榮秋枯的野草，**預示着人間的離別散聚**，是正常不過的事。

為甚麼會枯榮呢？作者描寫了兩個畫面「野火燒」和「春風吹」，前者燒不盡，後者吹又生——古原野草**生命力頑強**，只要殘存一點，野草來年仍會青綠茂盛。詩人用野火燎原的意象，來說明野草面對的艱苦困難，反襯出野草**再生力量的強大**。「野火燒不盡，春風吹又生。」也成了千古傳頌的名句，比喻大自然乃至人類社會的一種規律：縱有困難，但也有強大的生命力。

（接 22 頁）

三 遠芳[3]侵[4]古道，
yuǎn fāng qīn gǔ dào

晴翠[5]接荒城。
qíng cuì jiē huāng chéng

四 又送王孫[6]去，
yòu sòng wáng sūn qù

萋萋[7]滿別情。
qī qī mǎn bié qíng

3. 遠芳：遠處芳香的花草。
4. 侵：蔓延。
5. 晴翠：陽光下，草地一遍碧綠。
6. 王孫：借自楚辭，泛指遠行者。
7. 萋萋：粵 cai1（妻）。草生長茂盛的樣子。

詩人繼續書寫古原野草的**生命力**，野草不僅生生不息，還能把古道荒城打扮得漂亮多姿。「遠芳」、「晴翠」是從不同角度看草兒的美，既清香彌漫（嗅覺），又秀色碧綠（視覺）。「侵」、「接」二字是把野草的「生」寫得更宏大更富生命力，寫出青草蔓延擴展，由野火下的弱者轉為四處蔓延的強者，且進一步為古道荒城恢復了青春，生氣勃勃。

四

詩人在句末回到本詩的核心：**送別**。送友遠行，本來詩人心中懷着傷心不捨之情，但大地春回，青草可人，又見生機處處。這裏暗用典故：《楚辭·招隱士》有句「王孫遊兮不歸，春草生兮萋萋」，原意指看見重生的萋萋芳草而懷念去歲未歸的人。這裏詩人和友人看見萋萋芳草，便覺好像草葉都飽含別情，既增添了離別的愁緒，又帶有友情生生不息之意。

主旨

一首以古原野草來比喻離別之情的送別詩，既寫出了**野草旺盛的生命力**，又表達了**送別友人的情懷**。

詩人以景帶情，一切都自然流暢，順理成章。他不僅能兼具應試詩的工整嚴格，又能把

情境交融，寫來哲理、情感恰到好處，又留有餘地，是一首別具一格的應試詩。

寫作技巧：反襯

反襯即用事物的相反條件或形象，從**反面襯托**出真正想要描寫的主要形象。詩人在《賦得古原草送別》裏用「野火燒不盡，春風吹又生」，反襯出野草在困難下再生力量的強大。

詩與生活

「草」是常見的植物，你會留意它嗎？在讀這首詩前，你對「草」有甚麼感覺？讀了以後，你對「草」會另眼相看嗎？

動態時報　　關於

基本資料

生卒
問女生的年齡是不禮貌的事！

鄉下
金陵（今江蘇省南京市）

身份
唐憲宗的愛妃

字／號
問女生的名字也是不禮貌的事！

朋友・208

更多……

朋友 相片 更多▾

杜秋娘曾在直播。

今晚我曾在筵席上拿玉杯勸酒，為丈夫李錡唱起了《金縷衣》，大家也來看看吧！

104 44留言

李錡 娘子的歌聲真是繞樑三日，讓人聽出耳油！

李宅大樑木 對呀對呀，繞到我頭也暈了，繞呀繞，繞呀繞的……

金縷衣

杜秋娘・七言絕句

勸君莫惜金縷衣，

勸君惜取少年時！

花開堪折直須折，

莫待無花空折枝。

語譯

我勸你不要太珍惜那些華貴的衣服，

我勸你要善用青春少年時光啊！

花朵能夠採摘的時候就要立即去採摘，

不要等到沒有花時才去採摘枝條。

掃一掃

聽錄音！

歷史文化小知識：杜秋娘

杜秋娘是唐代金陵（今江蘇省南京市）人，歷史上沒有關於她的詳細故事，所以我們不知道她出生和去世的年份，只知她十五歲時嫁給官員李錡為妾，後被送入宮中。皇帝十分喜愛她，但後來皇帝死了，她便不再受重視，晚年境況淒涼，沒有人理會，也沒有錢，漸漸老去。

寫作背景：珍惜好時光

這是唐代（618—907 年）中期一首流行的詩歌，我們沒法確切得知作者是誰，只知道這首詩和唐代婦女杜秋娘關係很深。據說，杜秋娘的丈夫李錡很愛這首《金縷衣》，經常叫杜秋娘在酒宴上演唱。這首詩意思很淺白，就是勸人要**珍惜好時光，不可虛度年少青春**，否則將後悔莫及。

一
quàn jūn mò xī jīn lǚ yī
勸君莫惜金縷衣[1]，
quàn jūn xī qǔ shào nián shí
勸君惜取[2]少年時！

二
huā kāi kān zhé zhí xū zhé
花開堪[3]折直[4]須折，
mò dài wú huā kōng zhé zhī
莫待無花空折枝。

1. 金縷衣：用金線編織而成的華貴衣服，代表那些美好但用處不大的事。縷 粵 leoi5（呂）普 lǚ。
2. 惜取：要珍惜，要善用。
3. 堪：能夠。
4. 直：立刻。

作者連續用「勸君」一語作為句子的開首，言詞懇切。「金縷衣」十分貴重難得，「少年時」是一生中最美好的時光，兩者並列比較，表面上似乎難以取捨。但事實上，前者貴重美麗但用處不大；後者時間短暫，但如果善用，就能受用一生。其中「莫惜」、「惜取」這一組帶有傾向性的反義詞，充分表明了作者的態度——**一旦逝去就再不復返的少年時光，比金縷衣更珍貴**。

花季到了就該及時採摘鮮花，若錯過花期，就只能折得空枝了。所謂**「少壯不努力，老大徒傷悲」**，即為此意。詩人匠心獨運，以採摘花朵為喻：「花」象徵美好事物;「折花」寄寓了對美好事物的追求;「花開堪折」強調要把握青春年華，做最重要的事；「無花空折枝」借指年華逝去，回想浪費了的光陰，只能剩下歎息。

主旨

這首詩的主旨無非是勸人珍惜光陰一類老生常談的訓誡，全詩以勸說的口吻寫成，卻沒有嚴肅的說教味道，全賴於作者聰明地選取了「折花」這一生活化的事例作類比，貼切而富於形象。

全詩語言淺白鮮明，如「直須」、「莫待」，簡潔有力地表明珍惜年少時光的迫切性；又如以「空」字寫枝頭的凋零，形象突出，都令詩歌更為順口成章，明白曉暢，寄意深長。

寫作技巧：比喻

比喻是「打比方」，**利用事物之間相似的地方，把某一事物比作另一事物**的修辭手法。比喻一般包括三部分：本體（被說明的事物）、喻體（用來說明的事物）、喻詞（表示兩者比喻關係的詞語）。

在《金縷衣》中，詩人運用了借喻，直接用喻體（花）代替本體（美好的事物），本體和喻詞都不會出現。

詩與生活

你認為「一寸光陰一寸金，寸金難買寸光陰」這句格言說得對嗎？談談你的看法。

基本資料

生卒
公元1130—1200

鄉下
徽州婺源（今屬江西省）

身份
南宋理學家，被尊稱為「朱子」，思想影響後世

字／號
字元晦，
號晦庵，別稱紫陽

朋友·11,111

朋友　相片　更多

朱熹——覺得豁然開朗

剛剛看完一本書，又看到窗外的池塘，嗚呀，我的靈感大爆發，要來寫一首詩了！

8,688　2,474留言

碧池仙子 朱大哥你這樣痴痴地看着我，我……我會害羞的 >///<

范念德 朱兄出品，必屬佳品，留名等看新作品！

觀書有感

朱熹・七言絕句

半畝方塘一鑑開，
天光雲影共徘徊。
問渠那得清如許，
爲有源頭活水來。

語譯

半畝大的池塘像一面鏡子般打開，
天光、雲影都在水面上閃耀浮動。
池塘裏的水為何這樣清澈呢？
因為有永不枯竭的活水。

掃一掃

聽錄音！

歷史文化小知識：池塘

池塘多是指人工建造的水池，在中國和日本，池塘常見於庭院或社區之內；而在歐洲，池塘則常見於城堡之中。池塘的水源主要來自三處：地下水源、雨水或人工引水。因此，池塘的生態系統跟湖泊不同，池水很多時都是綠色的，因為裏面有很多藻類。

寫作背景：自然

詩人朱熹是位哲學家，常常會把人生哲理加入詩歌的創作中。詩人雖非以詩詞聞名，但由於他文學修養極高，所以詩作每每有令人意想不到的意境。本詩語調自然，內容生動，**把自然的道理融入人生哲理中**，讀來趣味盎然。

一
bàn mǔ fāng táng yí jiàn kāi
半畝方塘一鑒[1]開，
tiān guāng yún yǐng gòng pái huái
天光雲影共徘徊[2]。

二
wèn qú nǎ dé qīng rú xǔ
問渠[3]那得清如許[4]，
wèi yǒu yuán tóu huó shuǐ lái
爲有源頭活水[5]來。

1. 鑒：鏡子。
2. 徘徊：指天光和雲影倒映在池塘水中，來回晃動。
3. 渠：即「它」，廣州話的佢字。這裏指「方塘」。
4. 清如許：如此清澈。
5. 活水：有源頭的、流動的水，與「死水」相對。

一

這首詩的詩題是「觀書有感」，內容與讀書的心得有關。但作者別出心裁，詩中無一「書」字，也不憑空寫讀書的感受，卻又把讀書的體驗以具體形象表述清楚了。

詩人一開始描寫一個池塘景色：清澈明淨的池塘，配上藍天、白雲的倒影，波光晃動，景色怡人。詩人由此思考為甚麼景色會這麼美呢？因為水質清澈，才能反映天光雲影之美。頭兩句就像人們**思考的過程**，先打開一角，然後想通想透了，豁然開朗。

詩人在第三句用一個設問句追問，為甚麼池塘會這樣清澈呢？這一問既和前兩句呼應，又帶出全詩最重要的道理。接着，他說出了原因——因為有永不枯竭的水源，源源不斷地把活水輸送到方塘裏去。詩人**借「活水」來比喻讀書**，說明人只要不斷讀書，吸收知識，才能如把自己的腦袋訓練得如小小池塘般清澈明亮。

主旨

這是一首**富哲理的小詩**。詩人以池塘活水作比喻，把自己讀書求學的過程用具體形象加以描繪，讓讀者領略其中的奧妙：人要精神清新活潑，就得認真讀書，時時補充新知識，才能達到新境界。

寫作技巧：設問

是一種提問者本身知曉答案，卻仍故意提出問題，然後自己回答的修辭手法。詩人在《觀書有感》裏看到塘水清澈明淨，**明知故問**地問：為甚麼池塘會這樣清澈呢？然後自問自答：因為這是一池活水。作者設問的用意，就是要引起讀者的注意，**啟發思考**。

詩與生活

詩人用「活水」來比喻新的知識，用「方塘」來比喻我們的腦袋。那你會用甚麼來比喻努力後獲得的讚賞呢？

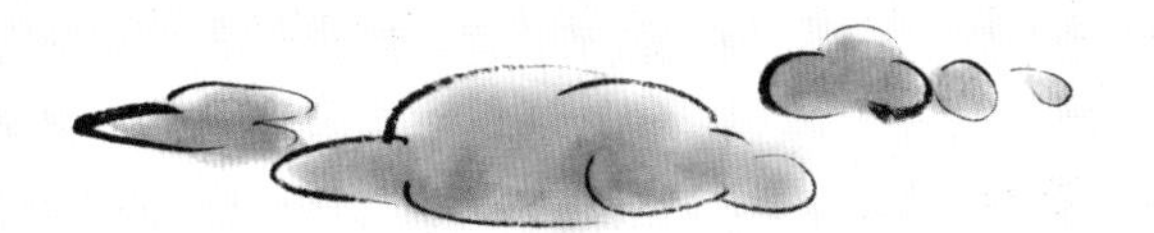

宋代民謠同好會

動態時報　　關於

基本資料

簡介

古有樂府、漢樂府，來到宋朝，竟然沒有宋樂府！所以，我們唯有自己努力了！

雖然不是官方機構，可是我們對於民謠的愛，絕不會比大家少。

我們的任務，就是要把宋代的民謠收集起來，使它們能流傳後世。

齊來感受民謠的魅力吧！

朋友・6,124

更多……

首頁

朋友 相片 更多

宋代民謠同好會新增了一張相片。

小編最近又找到一篇超讚的民謠，又找到了一幅超合襯的插圖，就讓我們看下去～

#小統計 #月光之下 #一家共享歡樂的請讚好 #一家充滿憂愁的請按慘慘 #可以夫妻團聚的請選心心 #一家四散飄零的請投嬲嬲

18,666

8,475留言

月兒彎彎照九州

佚名・宋代民謠

月兒彎彎照九州，
幾家歡樂幾家愁。
幾家夫婦同羅帳，
幾家飄散在他州。

語譯

一彎月兒照着大地，
有多少家庭是歡樂的，
又有多少是憂愁的？
有多少夫婦能團聚呢？
又有多少散落他鄉呢？

掃一掃

聽錄音！

歷史文化小知識：九州

九州，又名赤縣神州。神州，是中國古代典籍中所記載的夏、商、周時代的地域區劃，在最古老的經籍《尚書》中，已有關於九州的記載。《夏書·禹貢》記大禹的時候，天下分為九州，分別為冀州、兗州、青州、徐州、揚州、荊州、梁州、雍州、豫州。這個範圍是華夏的地理範圍，後來成為中國的代稱。

寫作背景：離散

這是南宋初年流行在江蘇一帶的民歌。北宋末年，金兵大舉南下，北宋首都被攻陷，老百姓流離失所。宋室逃至杭州建立南宋，但北方領土收復無望，**不少家庭分居異地，無法團聚**，於是，老百姓通過民謠道出了他們分離的淒涼景況。

yuè ér wān wān zhào jiǔ zhōu
一 月兒彎彎照九州[1]，

jǐ jiā huān lè jǐ jiā chóu
二 幾家歡樂幾家愁。

（轉 50 頁）

1. 九州：指全中國。

詩人從詩意的寫景開始：月照人間。月亮在古代有象徵意義，月亮的陰晴圓缺就如人間的悲歡離合，尤其是中秋賞月，講究人月兩圓，故詩人以月兒起筆，便是**把自然現象的變化和人間離合聯繫在一起**。一個「照」字，說明生活在九州土地上的每個人雖夜夜共看同一輪明月，卻各有不同的際遇，埋下了下句轉折的伏筆。

接着詩人用三句問句，把意思說得越來越白，也把詩意寫得越來越淒涼。

第一句問句是「幾家歡樂幾家愁？」詩人開宗明義，點出在同一輪明月下，不同家庭有不同的處境，**有喜有悲**。在第一個問題裏，歡愁是並列的，詩人採用問題**層遞法**——越往下問，越點出主題。

（接 48 頁）

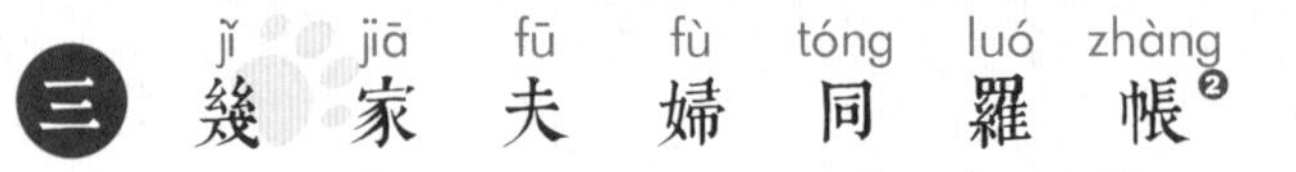

jǐ jiā fū fù tóng luó zhàng

三 幾家夫婦同羅帳[2]，

jǐ jiā piāo sàn zài tā zhōu

四 幾家飄散在他州[3]。

2. 羅帳：絲織的帳子，掛在牀上。這裏有團聚之意。
3. 他州：異地他鄉。

三

詩人在第二個問題裏，用了一個借代——「同羅帳」——來表達夫妻團聚。表面上看，似乎回應了第一條問題的「幾家歡樂」，但詩中用了反問的語氣，意味着雖有今日的夫婦團聚，共享歡樂，**但明天的遭遇，又有誰知道呢？**問句中所表達不安的心情，躍然紙上。

四

詩人在最後一問中，終於點出這首民謠的主旨：**老百姓飽受離亂之苦**。戰爭頻仍，百姓離鄉背井，流落他鄉。同在一片月光下，廣大的人民都愁容滿面，不能共團圓。

主旨

這首民謠以相似的句式、簡練的語言，點出了南宋百姓的離別淒苦。詩人在詩中沒有激烈的控訴，沒有憤怒的指責，更沒有描寫人民的悲慘狀況，而是用樸素淡然的詩句描寫，**似感歎，又似詰問**，令人感到那份綿綿不絕的無奈愁思，非常具感染力，讀來使人不禁悲從中來，感歎不已。

寫作技巧：借代

借代是不直接說出對象（人或物），而**借用和對象的局部、特徵或有密切關係的東西來代替該對象**的修辭手法。

詩人在《月兒彎彎照九州》裏，用「同羅帳」來表達夫妻團聚。羅帳是掛在牀上的帳子，只有夫妻在一起才能「同羅帳」。詩歌利用這種借代手法，使語言顯得新鮮別致，形象生動。

詩與生活

哪些節日裏，你會和家人一同吃飯慶祝？你覺得為甚麼長輩們特別喜歡看到一家人在一起？

詩 王冕

動態時報　關於

基本資料

生卒
公元1287—1359

鄉下
浙江諸暨
(今浙江省諸暨市)

仕途
曾經考過一次進士,未能登第,終年以賣畫為生

字/號
字元章

朋友·301

更多……

朋友　相片　更多

王冕新增了一張相片。

梅花冷我千百遍，我待梅花如初戀。

45留言

張辰 如果有一天，打開社交網而沒看見元章兄在發梅花貼，肯定是元章兄上不了網。

王夫人 你的初戀不是我嗎=皿=！明天我就放把火把整片梅林給燒了！！

素梅（其五十六）

王冕・七言絕句

冰雪林中著此身，

不同桃李混芳塵。

忽然一夜清香發，

散作乾坤萬里香。

語譯

白梅長在冰雪的樹林之中

不與桃花李花混在一起，

不會落在世俗的塵埃之中。

忽然間，這一夜清新的香味散發出來，

竟散作了天地間的萬里新春。

掃一掃

聽錄音！

歷史文化小知識：白梅

本詩詩題「素梅」即白梅。白梅的原產地在江蘇、浙江一帶，以花瓣呈白色或黃白色得名。白梅花瓣多達5枚，質輕、氣香，味淡而澀。花蕾呈圓球形，直徑約5毫米，苞片3、4層，褐色鱗片狀。白梅以花勻淨、完整、含苞未放、萼綠花白、氣味清香者為佳。白梅在我國已有幾千年栽培歷史，是極具觀賞性和文化象徵的植物，為很多詩人所愛。

寫作背景：言志

詩人王冕在會稽九里山隱居時，種有梅花千棵，自號「梅花屋主」，常常畫梅、詠梅。《素梅》是他寫的一組題畫詩，共五十八首，這裏選了其中一首。這詩「托梅言志」，詩人**以梅自比**，借白梅的高潔來表達自己不與俗世同流合污的**高尚情操**；以世俗眼中美不勝收的桃李與冰雪林中的白梅作對比，從而襯托出後者的素雅高潔。

一 bīng xuě lín zhōng zhúo cǐ shēn
冰雪林中著[1]此身，
bù tóng táo lǐ hùn fāng chén
不同桃李混芳塵[2]。

二 hū rán yí yè qīng xiāng fā
忽然一夜清香發，
sàn zuò qián kūn wàn lǐ xiāng
散作乾坤[3]萬里香。

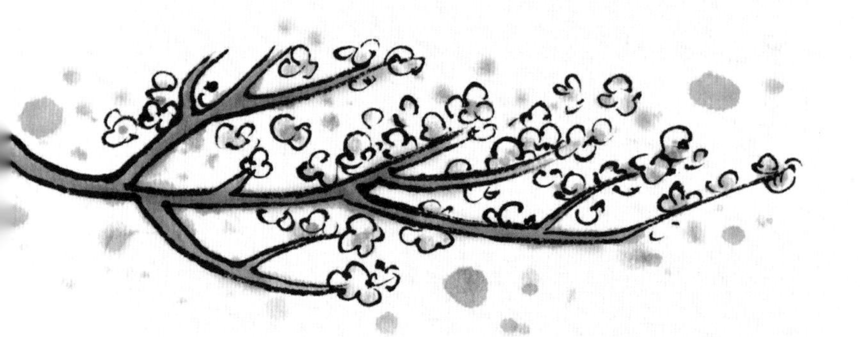

1. 著：依附、寄託。粵 zoek6（着）。
2. 芳塵：花兒凋謝後化作塵土。
3. 乾坤：天地之間。

一

詩人在首句中以「冰雪」來形容白梅的**雪白和耐寒**，雪白是白梅的外貌美，耐寒則是白梅堅忍的內在品格。接着，詩人**以桃李作反襯**。桃李之美豔芳香，為世稱道。但詩人以「混芳塵」描寫桃李，指桃李與塵垢混同，而桃李的香則是俗香，不入詩人法眼。

二

詩人在詩末兩句中，把白梅的香上升到天地間最高的層次。忽然在一夜之間，白梅清芬四溢，萬里飄香，比喻詩人的品格如梅香般**絕世出塵，終會為人所知**。

其中「忽然」兩字，凸顯了詩人走在林間，忽然聞到梅香的驚喜之情；而「散」字生動，彷彿令讀者能「看見」寒梅飄香處處的情景。

主旨

詩人先寫白梅冰清玉潔，不與眾芳爭豔的品格。後兩句借梅香喻己，寫自己的品格和抱負，必為世人所知。全詩通過對梅花的吟詠描寫，表達了詩人**自己的志趣和品格**。

寫作技巧：借喻

在借喻之中，本體和比喻詞都不會出現，直接**用喻體代替本體**。詩人在《素梅》裏以白梅比喻自己的品格，本體雖然不出現，卻能把抽象的事物變得具體，把深奧的道理變得淺顯，把陌生的形象變得熟悉，使人易於理解。

詩與生活

你最喜歡哪一種花呢？你能把這花的優點或特色比喻作自己的品格嗎？

徐渭

動態時報　　關於

基本資料

生卒
公元1521—1593

鄉下
山陰(今浙江省紹興市)

成就
多才多藝,在詩文、戲劇、書畫等各方面都獨樹一幟

字/號
字文長,號青藤老人

朋友·497

首頁

朋友 相片 更多

徐渭新增了一張相片。

又到了放風箏的季節，考考大家，春風到底要花多少力氣，才能把圖中的紙鳶一個一個送上天呢？答中的話，送你滿面春風！

61 23留言

春風 以上獎品非本風贊助，大家慎防被騙！

張元忭 如果你能回答出長輩需要花多少心血，才能把小孩培養成才，我就能回答你這道問題，呵呵！

風鳶圖詩（其一）

徐渭・七言絕句

柳條搓線絮搓棉，

搓夠千尋放紙鳶。

消得春風多少力，

帶將兒輩上青天。

語譯

孩子們找來柳條和柳絮，

放在小手上使勁地搓，

搓了千遍後便興致勃勃地到郊外放紙鳶。

春風輕輕地吹着，

他們要花多少力氣（才能放紙鳶上天）？

長輩又要花多少心血，

才能培養孩子成才呢？

掃一掃

聽錄音！

歷史文化小知識：風鳶

即「紙鳶」。我們常常把風箏和紙鳶混為一談，但事實上，兩者在古代是有所不同的。紙鳶沒有聲音，只飛不鳴；風箏在紙鳶的基礎上改造，人們通常在其背上繫上一條弓弦，或在其頭部按一個風笛，當飛上天後，風箏便會奏出嗚嗚的聲音。

寫作背景：希望

詩人徐渭是明代著名的藝術家，曾參加鄉試，但屢試不第，只能做一些幕客工作，可以說是終生都窮困潦倒。詩人晚年主要以賣畫為生，「風鳶」是他晚年常作的繪畫題材之一，他在圖旁賦詩，細緻地描寫孩子放風箏的情形，有趣有理，並借景喻理，**把未來寄託在孩子身上**。

一

liǔ tiáo cuō xiàn xù cuō mián

柳條搓[1]線絮[2]搓棉，

cuō gòu qiān xún fàng zhǐ yuān

搓夠千尋[3]放紙鳶[4]。

二

xiāo dé chūn fēng duō shǎo lì

消得[5]春風多少力，

dài jiāng ér bèi shàng qīng tiān

帶將[6]兒輩上青天。

1. 搓：粵 co1（初）。手掌反復摩擦，或把手掌放在東西上來回地揉。
2. 絮：柳樹的種子，帶有白色絨毛，稱為「柳絮」。
3. 尋：長度單位，以八尺為一尋，千尋是極長之意。
4. 鳶：粵 jyun1（淵）。又稱「風鳶」「紙鳶」。
5. 消得：消耗，耗費。
6. 帶將：帶領。

詩人在首兩句描述一群天真好動的孩子放紙鳶的情景。他先寫孩子們努力引線，連續用了三個「搓」字，代表**工序之繁複和孩子們的迫切之情**。我們彷彿看到一群小孩在競逐把柳條柳絮「搓」成線，他們搓夠後便急不及待讓紙鳶翔飛天際。詩人把孩子忍不得、等不及的心理描寫得入木三分。

往後兩句，詩人的想像也隨高飛的紙鳶而漫無邊際地開展。他想到紙鳶飛天需要多少風力才能做到？進而想到要把孩子**培養成才**，又需多少心血呢？詩人在此用「春風」比喻上升的力量，紙鳶可依靠風力而起，那孩子呢？不就是依靠詩人這些長輩嗎？若期望可愛天真的孩子來日能成才，長輩的悉心培養是最重要的「春風」。

主旨

可以想像，詩人的《風鳶圖》中應是畫了孩子在放紙鳶的情景；而在此圖中，紙鳶亦只是詩人用來說理的「物」。**畫作和詩作的核心是孩子**：今天，他們興高采烈、天真爛漫地放紙鳶；來日，也可能成為朝氣勃勃、獨當一面的人才。紙鳶和孩子能任意翱翔，前者靠的是大自然的春風，而後者的「春風」卻是長輩的心血。

寫作技巧：對比

對比是**把兩個相對的事物，或同一事物的兩個不同方面放在一起加以比照**的修辭手法。詩人在《風鳶圖詩（其一）》裏以紙鳶飛天對比孩子成才，使事物的特點更顯著，形象更鮮明，亦能把道理說得更深刻。

詩與生活

你放過風箏嗎？你覺得風箏能夠在天空翱翔，是因為風的力量，還是放風箏的人的技巧呢？

動態時報　關於

基本資料

生卒
聽說是公元約647年至約730年呢～

鄉下
揚州（今江蘇省揚州市）

代表作
《春江花月夜》

字／號
不詳

朋友・630

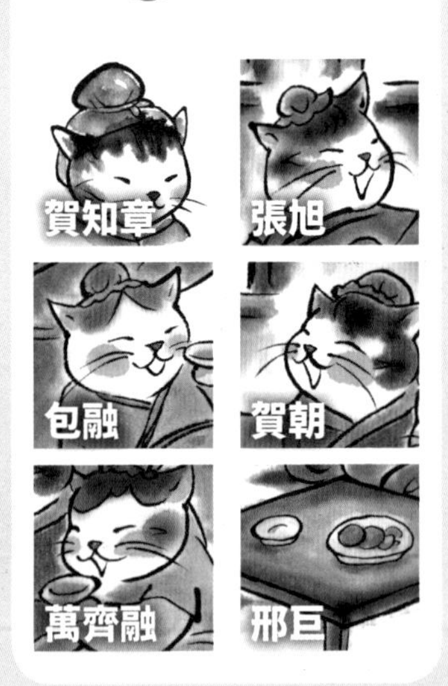

朋友　　相片　　更多

張若虛新增了一張相片。

小弟的新作《春江花月夜》，就是寫「春江花月夜」的春，「春江花月夜」的江，「春江花月夜」的花，「春江花月夜」的月，「春江花月夜」的夜，不服來辯！

155　　87留言

賀知章 你有空便多寫幾首詩吧，光來說這些無聊的東西……

春江花月夜

張若虛・七言古詩

掃一掃

聽錄音！

歷史文化小知識：月亮

古時又稱太陰、玄兔。在中國傳統文化語境中，月亮寓意「母性」、「女性」，屬「陰」。中國式的月溫馨、寧靜和超逸，有一種婉約朦朧、通脫淡泊的女性美。而在先秦兩漢文學中，月亮常常是美人的代名詞，用月亮來象徵美人是最原始的手法。

寫作背景：思念

詩人張若虛生平事跡不詳，只知他的文采名滿京城，但現存詩作只有兩首。《春江花月夜》是他的代表作，全詩三十六句，約十二句換一場景，由春江花夜陪襯着月，由月出寫到月落，由景生情，再歸於景，想像豐富，佈局精妙，手法多樣，是思念長詩的代表作品。

一

chūn jiāng cháo shuǐ lián hǎi píng hǎi shàng míng yuè gòng cháo shēng
春江潮水連海平，海上明月共潮生[1]。

yàn yàn suí bō qiān wàn lǐ hé chù chūn jiāng wú yuè míng
灩灩[2]隨波千萬里，何處春江無月明！

jiāng liú wǎn zhuǎn rào fāng diàn yuè zhào huā lín jiē sì xiàn
江流宛轉遶[3]芳甸[4]，月照花林皆似霰[5]。

kōng lǐ liú shuāng bù jué fēi tīng shàng bái shā kàn bú jiàn
空裏流霜不覺飛，汀[6]上白沙看不見。

jiāng tiān yí sè wú xiān chén jiǎo jiǎo kōng zhōng gū yuè lún
江天一色無纖塵，皎皎空中孤月輪。

jiāng pàn hé rén chū jiàn yuè jiāng yuè hé nián chū zhào rén
江畔何人初見月？江月何年初照人？

1. 共潮生：隨着潮水上漲，也同時升起。
2. 灩灩：粵 jim6（驗）。波光閃動的樣子。
3. 遶：粵 jiu5（擾）。圍繞。
4. 芳甸：花草叢生的原野。甸粵 din6（電），古時稱郊外的地方。
5. 霰：粵 sin3（線）。雪珠。
6. 汀：粵 ting1（聽一聲）。沙灘。

二

rén shēng dài dài wú qióng yǐ, jiāng yuè nián nián zhǐ xiāng sì
人生代代無窮已，江月年年祇相似。

bù zhī jiāng yuè dài hé rén, dàn jiàn cháng jiāng sòng liú shuǐ
不知江月待何人，但見長江送流水。

bái yún yí piàn qù yōu yōu, qīng fēng pǔ shàng bú shèng chóu
白雲一片去悠悠，青楓浦[7]上不勝愁。

shéi jiā jīn yè piān zhōu zǐ? hé chù xiāng sī míng yuè lóu?
誰家今夜扁舟子[8]？何處相思明月樓[9]？

kě lián lóu shàng yuè pái huái, yīng zhào lí rén zhuāng jìng tái
可憐樓上月徘徊，應照離人[10]妝鏡臺。

yù hù lián zhōng juǎn bú qù, dǎo yī zhēn shàng fú huán lái
玉戶簾中卷不去，擣衣[11]砧[12]上拂還來。

7. 青楓浦：青楓浦故址在今湖南瀏陽境內，這裏泛指別離的場所。浦，江水分岔處，粵 pou2（普）。
8. 扁舟子：指在外到處奔波的人。扁粵 pin1（偏）。
9. 明月樓：代指明月之夜在樓上思念遠遊者的女子。
10. 離人：丈夫在外，只能獨守空閨的女子。
11. 擣衣：通「搗衣」，古時的人洗濯衣服的方法。將衣物放置在石板上，用棍棒搗去污垢。擣粵 dou2（島）。
12. 砧：粵 zam1（針）。指搗衣用的石板。

三

cǐ shí xiāng wàng bù xiāng wén　yuàn zhú yuè huá liú zhào jūn
此時相望不相聞，願逐月華流照君。

hóng yàn cháng fēi guāng bú dù　yú lóng qián yuè shuǐ chéng wén
鴻雁長飛光不度，魚龍潛躍水成文[13]。

zuó yè xián tán mèng luò huā　kě lián chūn bàn bù huán jiā
昨夜閑潭[14]夢落花[15]，可憐春半不還家。

jiāng shuǐ liú chūn qù yù jìn　jiāng tán luò yuè fù xī xié
江水流春去欲盡，江潭落月復西斜。

xié yuè chén chén cáng hǎi wù　jié shí xiāo xiāng wú xiàn lù
斜月沉沉藏海霧。碣石瀟湘[16]無限路。

bù zhī chéng yuè jǐ rén guī　luò yuè yáo qíng mǎn jiāng shù
不知乘月幾人歸，落月搖情[17]滿江樹。

13. 文：通「紋」，此處指水波。
14. 閑潭：幽靜的潭水。
15. 夢落花：春天過了，花就會凋謝，夢見花落，代表夢見春天逝去。
16. 碣石瀟湘：這裏以碣石代表北方，瀟湘代表南方，泛指天南地北。
17. 搖情：觸動感情，心緒不寧。

語譯

春天的江潮大海連成一片，一輪明月從海上升起，與潮水一起湧出來。波光閃動千萬里，所有地方的春江都有明亮的月光。江水曲曲折折地繞着花草叢生的原野流淌，月光照射着開遍鮮花的樹林，好像細密的雪珠在閃爍。月色如霜，無從覺察流霜飛過。沙灘的白沙和月色融合在一起。江水、天空成一色，沒有一點微小灰塵，明亮的天空中只有一輪孤月高懸。誰在江邊第一個看見這輪明月呢？這江月又是哪一年開始把它的光輝投向人間呢？

人生一代代無窮無盡，江上的月兒卻年年相似。不知江上的月亮等待着甚麼人，但見長江不斷地送走滔滔江水。丈夫像一片白雲，悠悠地飄走，留下妻子在離別的地方不勝憂愁。哪家的丈夫今晚坐着小船在漂流？誰家的女子在樓頭想念着那在外漂泊的人呢？可憐樓上的月光來回徘徊，應該照耀着妻子的梳妝台。月光照進妻子房間的門簾，卻捲不走；照在她的洗衣砧上，也拂不掉。

這時我們皆看着月亮，可是聽不到彼此的聲音。我多麼願意隨着月光來到你的身邊。鴻雁飛不出無邊的月光；魚龍在水中跳躍，激起陣陣波紋。昨夜夢見花落閒潭，可惜春天已經過了一半，你仍未能返家。江水帶着春光將要流盡，水潭上的月亮又要西落。斜月沉沉，漸漸淹沒在海霧之中，分離的人依然天各一方。不知有幾人能趁着月光回家？唯有那西落的月亮搖盪着離情，灑滿了江邊的樹林。

詩人為我們描繪了一個美輪美奐的江水美景：江潮浩瀚無邊，彷彿和大海連在一起，氣勢宏偉。除此以外，詩人還看到江水曲曲彎彎的線條美、花草遍生的自然美和月色瀉在花樹上的和諧美。這些景象淋浴在月色之中，大千世界彷彿染成銀輝色，千嬌百媚。

在詩人細膩的筆觸下，月下的江邊幽美恬靜、純淨和諧。看着眼前美景，詩人不禁疑惑，誰在江邊第一個看見這輪明月呢？為甚麼他們沒有留下片言隻語呢？這江月又是從哪一年開始把它的光輝投向人間呢？

詩人由此想到**人生和月亮的關係**：人是代代相傳、綿延久長的；而江月則是年年相似的。這江月似乎在等甚麼人，卻從沒等着；這條大江不斷地送走流水，卻不見它把人們所期待的人帶回來。由此，詩人把焦點從景色轉到了情，帶出了**人間的離愁別緒**。

世間有情人慣常分隔兩地。白雲飄忽，象徵丈夫的行蹤不定；「青楓浦」則為離別之地。別後相思，詩人寫妻子思念丈夫，卻不直寫妻子的心情如何，而是利用月光徘徊不定來比喻她內心的不安浮動。月光柔和地灑在妝鏡台上、玉戶簾上、擣衣砧上，但妻子並不領情，因為這一片月光提醒了她，此時此刻，丈夫在異地亦目睹了同一輪月，兩人卻偏不能相見。她有點惱火，想要拂去這惱人的月色，但事與願違，月光又豈是她能趕走的呢？

詩人再把畫面拉闊，不單描寫妻子的惆悵孤獨，更着墨於一對**分隔兩地的有情人**：兩人共望月光，卻無法相見相聞，只好依托明月，遙寄相思之情。可惜鴻雁雖擅於長途飛翔，仍未能飛到對方身邊；擅於潛躍的魚龍，只在水中掙扎，激起一陣陣波紋，亦未能游到對方跟前。

這時，詩人把鏡頭轉到丈夫身上，用落花、流水、殘月來烘托他思妻情切：花落幽潭、春光老去，心上人還遠隔天涯。碣石、瀟湘，天南地北，路遠阻隔，怕是今生難相見了。

最後，詩人收攏思緒，慨歎如此美好的春江月色，卻不知有幾人能乘月回鄉？

主旨

這首詩緊扣春、江、花、月、夜的背景來寫，當中又以月為主體，分別**寫春江的美景、對江月的感慨和人間的離愁**。在月的照耀下，江水、沙灘、天空、原野、楓樹、花林、飛霜、白沙、扁舟、高樓、鏡台、砧石、長飛的鴻雁、潛躍的魚龍、不眠的妻子以及漂泊的丈夫，組成了完整的詩歌形象，展現出一幅充滿人生哲理與生活情趣的畫卷。

寫作技巧：對偶

對偶指**把兩個結構相同或相似、意思相關或相對、字數相等、詞性相對的短語或句子，對稱地排列在一起**。詩人在《春江花月夜》裏，運用了不少對偶句，如「人生代代無窮已，江月年年衹相似」、「鴻雁長飛光不度，魚龍潛躍水成文」，使整首詩顯得整齊、勻稱，亦能增強節奏感。

詩與生活

月有陰晴圓缺，你見過它的各種形態嗎？如果要比喻月的各個形態，你會如何下筆呢？

動態時報 關於

基本資料

生卒
公元701？—761

鄉下
太原祁縣（今山西省祁縣）

官職（部分）
曾任右拾遺、
官終尚書右丞

字／號
字摩詰，
被稱為「詩佛」

朋友・828

更多……

朋友　相片　更多

王維——覺得有點無聊

重陽的大好假期，以往都要和兄弟去插茱萸，累得我不要不要的，今天獨在異鄉為異客，偷得浮生半日閒，呵呵！

132留言

插茱萸兄弟 王維，你快點給我把科舉考完了，趕回來和我一起幹活！今年你不在，我們都快忙死了＞＜

孟浩然 王老弟才十七歲就能寫出「獨在異鄉為異客」如此佳句，難得，難得！

九月九日憶山東兄弟

王維 · 七言絕句

獨在異鄉為異客，
每逢佳節倍思親。
遙知兄弟登高處，
遍插茱萸少一人。

語譯

我遠離家鄉，孤獨地住在他鄉，
每到重陽佳節便加倍思念家鄉的親人。
遠遠想到家鄉兄弟們登高秋遊，
在互插茱萸之時，
他們也會因為找不到我而遺憾吧。

掃一掃

聽錄音！

歷史文化小知識：重陽節

重陽節，又稱重九節、曬秋節，是中國的傳統節日。早在戰國時期已有重陽節，到了唐代，重陽節正式定為民間節日，沿襲至今。人們一般都會在農曆九月九日那天出遊賞秋、登高遠眺、觀賞菊花、遍插茱萸、吃重陽糕、飲菊花酒。1988 年，中國政府將農曆九月初九定為「老年節」，提醒人們要孝敬父母，以盡孝道。

寫作背景：佳節離鄉

詩人王維生於唐代由盛轉衰的時期。他在十七歲寫下此詩，當時他離開了家鄉蒲州（今山西省永濟縣）到長安準備應試。首都固然繁華熱鬧，但對年輕的王維來說，也只是舉目無親的「異地」。適逢農曆九月九日重陽節，詩人**思念起家鄉的親人**，便創作了這首樸素情真的抒情小詩。

一 dú zài yì xiāng wéi yì kè
獨在異鄉爲異客[1]，
měi féng jiā jié bèi sī qīn
每逢佳節倍思親。

二 yáo zhī xiōng dì dēng gāo chù
遙知[2]兄弟登高處[3]，
biàn chā zhū yú shǎo yì rén
遍插茱萸[4]少一人。

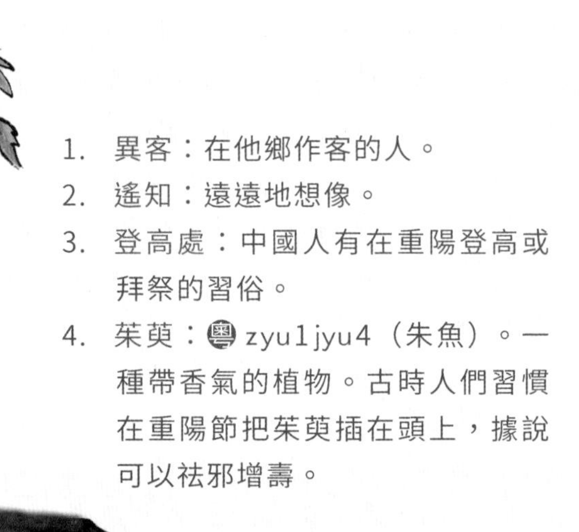

1. 異客：在他鄉作客的人。
2. 遙知：遠遠地想像。
3. 登高處：中國人有在重陽登高或拜祭的習俗。
4. 茱萸：粵 zyu1jyu4（朱魚）。一種帶香氣的植物。古時人們習慣在重陽節把茱萸插在頭上，據說可以祛邪增壽。

一

詩人自成年以來第一次離開山西，對長安的一切既好奇也陌生。詩中第一句連用兩個「異」字，既有音律美的藝術效果，也道出他這個「異地人」雖身在繁盛的長安，**卻因這種熱鬧更顯得孤獨可憐**。

由此，詩人在第二句點出「倍思親」的因由：佳節。重陽節往往是家人團聚登高秋遊的日子，往昔在蒲州的快樂畫面歷歷在目，對比今天的寂寞孤獨，詩人的**思鄉之情**一發而不可收拾。

古人有重陽登高的風俗，登高時會把茱萸插在頭上，以祛邪增壽。詩人從佳節想到節日的內容，遙想兄弟如何在重陽日登高，在插上茱萸之時，會發現少了一位兄弟。詩人推己及彼，把自己的遺憾想像成兄弟們的遺憾，**把自己的思念推至彼此的思念**。這種轉折而富想像力的寫法，令思鄉之情翻出了新意，豐富了「倍思親」的意義。

主旨

詩人寫出了**遊子的思鄉之情**。詩人先寫在異鄉生活的孤獨寂寥，遇到佳節良辰，思念倍增。接着，寫遠在家鄉的兄弟，也在佳節懷念自己。詩意**從己到他**，含蓄深沉，樸素情濃，又曲折有致。其中「每逢佳節倍思親」更是千古名句。

寫作技巧：象徵

象徵是**通過某一特定形象，表現與該形象相似或相近的事物、思想和感情**。在《九月九日憶山東兄弟》裏，王維以重陽節為起點，通過登高插茱萸的習俗，使鄉愁更生動、更深沉，更具含蓄美。

詩與生活

在過去，人們很重視傳統節日，過節還有不同的習俗。但時至今日，人們對節日和習俗的熱情似乎日漸消退，你覺得原因是甚麼呢？

基本資料

生卒

公元701—762

文學史地位

中國史上偉大的詩人，杜甫與之齊名。詩風浪漫、想像奔放，被尊稱為「詩仙」、「詩俠」和「謫仙人」等。

字／號

字太白，
號青蓮居士

朋友·1,707

朋友　相片　更多

李白新增了一張照片——在敬亭山

眾坐坐不如獨坐坐～

 123　36留言

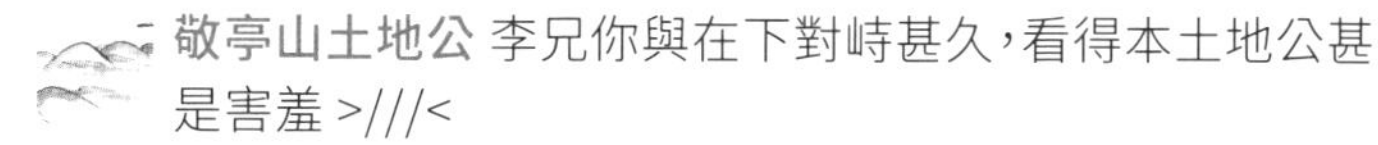

敬亭山土地公 李兄你與在下對峙甚久，看得本土地公甚是害羞 >///<

孟浩然 @敬亭山土地公 他有沒有邀你喝酒呢？

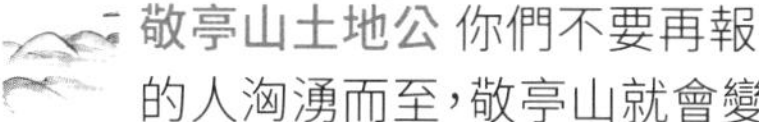

敬亭山土地公 你們不要再報道我的事了，要不然全世界的人洶湧而至，敬亭山就會變成垃圾山了T.T

獨坐敬亭山

李白・五言絕句

眾鳥高飛盡，

孤雲獨去閒。

相看兩不厭，

只有敬亭山。

語譯

群鳥高飛無影無蹤，

孤雲獨去悠閒自在。

能彼此相看互不厭倦的，

只有我和敬亭山了。

掃一掃

聽錄音！

歷史文化小知識：敬亭山

敬亭山位於安徽省宣城市區北郊，原名昭亭山，西晉時為避文帝司馬昭名諱，改稱敬亭山，屬黃山支脈。唐代詩人如李白、白居易、杜牧、韓愈、劉禹錫、王維、孟浩然、李商隱等慕名登臨，吟詩作賦，繪畫寫記，於是，敬亭山聲名鵲起。宣城因為敬亭山這座在歷史上赫赫有名的江南詩山而被譽為江南詩城。

寫作背景：孤獨

詩人李白在天寶年間作此詩，其時他離京到處漂泊已十年。多年遊歷，詩人見盡人生百態，對人事紛爭越來越厭惡，便**寄情於山水**。《獨坐敬亭山》全詩俱是寫景語，無一語情，然而由景入情，雖句句是景，卻句句是情。

一

zhòng niǎo gāo fēi jìn
眾鳥高飛盡[1]，
gū yún dú qù xián
孤雲獨去閒[2]。

二

xiāng kān liǎng bú yàn
相看[3]兩不厭，
zhǐ yǒu jìng tíng shān
只有敬亭山。

1. 盡：消失。
2. 閒：安靜之意。
3. 看：粵 hon1（刊）普 kān。

詩人在第一、二句寫鳥寫雲，看似寫景物的蒼涼，卻更多是為了表達情感上的**落寞惆悵**：天上鳥兒高飛，孤雲也越飄越遠，世間萬物都在遠離詩人。詩人以景物的「動」帶內心的「靜」，以「動」襯「靜」，然而這「靜」卻是詩人的孤獨寂寞，**詩人感到一切都在「厭」他**，這為下聯的「不厭」作了鋪墊。

接着，詩人用擬人手法，賦予敬亭山個性，也賦予敬亭山**惺惺相惜**之情。儘管鳥飛雲去，詩人凝望着幽靜秀麗的敬亭山，彷彿覺得敬亭山也正在回望着他。「相看兩不厭」表達了詩人與敬亭山之間的相惜之情，詩人與敬亭山相對而視，脈脈含情。

在末句中，詩人以「只有」兩字點出自己並不孤苦，人生有一知己便無憾——即使這個知己是一座山，即使這知己來自想像。

主旨

詩人構思精妙，他不寫敬亭山的秀麗風光，反而着眼於敬亭山的「有情」，明顯是在借景抒情。敬亭山之情是詩人的想像，他需要**設想一個有情的對象**，正表達了他**對人世間各種「無情」的失望**，心裏的孤獨便更加突出。

寫作技巧：擬人

擬人法是故意**把物當作人來寫**的修辭手法，使「物」具有「人」的言語、行為或思想感情。詩人在《獨坐敬亭山》裏，賦予敬亭山感情——在詩人眼裏，敬亭山不再是一座沒有生命的山，而是一位與自己惺惺相惜的好朋友。如此一來，描繪的對象便更加**生動和形象化**了。

詩與生活

你有沒有試過對心愛的玩具「訴苦」呢？你覺得它能聽懂你說甚麼嗎？為甚麼？

杜甫

動態時報　　關於

基本資料

生卒

公元712—770

文學史地位

中國史上偉大的詩人，與李白齊名。作品深刻反映歷史過程和社會面貌，被稱為「詩史」。本人被尊為「詩聖」

字／號

字子美，號少陵野老

朋友·889

李白　岑參

張鎬　房琯

嚴武　高適

首頁

朋友　相片　更多▾

杜甫新增了一張相片。

我今天把家書拿去抵押了,我說它比萬兩黃金貴重,老闆竟然不同意,氣死我了!

57　34留言

高適 你一定是圖方便到連鎖的當鋪吧?來來來,讓我介紹一家隱世良心小店給你!

杜閒 你這不孝子!老爹寫家書給你是因為關心你,你竟然拿去典當?!

春望

杜甫・五言律詩

國破山河在，
城春草木深。
感時花濺淚，
恨別鳥驚心。
烽火連三月，
家書抵萬金。
白頭搔更短，
渾欲不勝簪。

語譯

長安城陷，國家破碎，只有山河依舊；
春天來了，人煙稀少的長安城裏草木茂密。
我想到國事就不禁淚流四濺，
我聽到鳥鳴便心神不安，更增離愁。
戰火已經延續了三個月，在亂世中，
一封家書可抵得上萬兩黃金般珍貴。
愁緒搔頭，白髮越搔越短，
簡直不能再插簪了。

掃一掃

聽錄音!

歷史文化小知識：簪

簪是古代髮飾，是用來固定髮髻或冠的長針，男女皆可用，是髮型中最基礎的固定和裝飾工具，後來更多指婦女綰髻的首飾。

簪可用金屬、骨頭、玉石等製成，多加以珠寶裝飾。漢武帝時，李夫人取玉簪搔頭，自此以後，宮人搔頭皆用玉簪。也有把一端做成可搔頭的簪子，所以簪亦俗稱為「搔頭」。

寫作背景：憂國憂時憂己

唐玄宗天寶十四年發生了安史之亂，首都長安陷落。詩人杜甫被安史叛軍俘虜，押往長安。幸虧他職位低微，叛軍只將他扣在營地，並未殺害。

杜甫親眼目睹了長安淪陷所遭受的巨大破壞，想到一年前的長安還是繁華都市，詩人久久不能釋懷，遂寫下了這首**憂國憂時憂己**的著名詩篇。

一

guó 國 pò 破[1] shān 山 hé 河 zài 在，

chéng 城 chūn 春 cǎo 草 mù 木 shēn 深[2]。

二

gǎn 感 shí 時[3] huā 花 jiàn 濺 lèi 淚，

hèn 恨 bié 別[4] niǎo 鳥 jīng 驚 xīn 心。

（轉 104 頁）

1. 國破：指安史之亂起，長安淪陷。
2. 草木深：草木橫生，景象荒涼。
3. 感時：感傷國事。
4. 恨別：與家人被迫分離，十分懊惱。

詩人一開始就描寫了春天的長安城所見：山河依舊，可是長安已經淪陷了，建築殘破不堪，亂草叢生。昔日長安物阜民安，可那種榮景只能追思。詩人借景托情，創造了一種**自然風光依舊而人面全非**的荒涼感。「國破」和「城春」，兩個截然不同而又並存的矛盾景象，形成強烈的對比。長安城只剩頹垣殘壁，人去樓空，所以草木才能「深」，正是**一派荒蕪景象**。

詩人在詩中**借物抒情**，把個人感情投射到花鳥上。於是，本應在春天散發出迷人香氣的花兒，或唱出悅耳歌曲的鳥兒，現在只能流淚和驚心。事實上，真正流淚和驚心的是詩人自己。他以歡樂的花鳥表現哀情，**以外物表達內心**，通過景物描寫，詩人移情於物，帶出國事不可為、家人不可見的的沉痛之情。

（接102頁）

fēng huǒ lián sān yuè

三 烽火[5]連三月，

jiā shū dǐ wàn jīn

家書抵萬金。

bái tóu sāo gèng duǎn

四 白頭搔[6]更短，

hún yù bú shèng zān

渾欲[7]不勝[8]簪[9]。

5. 烽火：指戰事。古代邊境地區設置烽火台，一旦發現敵人，立即升起煙火警報。
6. 搔：抓。
7. 渾欲：簡直就是。渾 粵 wan4（暈）。
8. 不勝：不能承受。勝 粵 sing1（星）普 shèng。
9. 簪：粵 zam1（針）普 zān。古時用來別住髮髻的條狀物。這裏作動詞用，指用簪子固定頭髮。

三

戰爭已從冬天打到春天，但仍沒有結束之象。詩人被扣多時，好久沒收到妻子和兒女的音訊，不曉得他們現在過得怎樣？如能收到一封家書多好啊！「萬金」二字反映了詩人**久盼家人音訊的迫切心情**，戰亂時期的一封家書，應是無價之寶。

四

詩人看到眼前悽慘的景象，又失去人身自由，內心非常失落，憂心忡忡，頭髮都白了、稀疏了。用手搔頭，頭髮稀少短淺，簡直連髮簪也插不住了。

此處詩人借用頭髮的前後變化，使讀者感到他的**痛苦和焦慮**，由景入情，把詩人憂國憂己的感情發揮得淋漓盡致。

主旨

詩人以含蓄凝練的文字，表達國破家散的悲痛，全詩感情沉鬱，結構緊湊，從借景抒情，到情景結合。

詩人先描寫長安城破後的肅殺，雖已春回大地，仍難免淚流傷心；再寫戰事持久，家書全無；最後寫自己的衰老和無助。**環環相扣、層層遞進**，展示出詩人憂國憂民的**高尚情感**。

寫作技巧：擬人法

擬人法是故意**把物當作人來寫**的修辭手法，使「物」具有「人」的言語、行為或思想感情。在《春望》裏，杜甫以「花濺淚」和「鳥驚心」來表達自己的傷悲和不安：他故意不寫自己心驚流淚，反而給花鳥賦予人的感情，使憂國憂己的情感更加**生動和形象化**。

詩與生活

你試過跟家人或朋友失散，找了很久才找到嗎？你當時的心情是怎樣的？

葉紹翁

動態時報　　關於

基本資料

生卒
你想知道的東西，不巧卻是我不想說的～

鄉下
建安薄城（今屬福建省）

名作
詩集《靖逸小集》、歷史作品《四朝聞見錄》

字／號
字嗣宗，號靖逸

朋友‧245

更多……

首頁

朋友　　相片　　更多

葉紹翁——覺得高興

今天去一位老朋友家拜訪，順道賞花，他卻不在家，倒是有枝紅豔豔的杏花從牆頭伸出園外，肯定是想告訴我即使鎖起園子，也鎖不住美麗的春天吧，真可愛！

12留言

真德秀 哎呀，想賞花的話，為甚麼不來我這邊呢？很久沒和葉兄你敘舊了呢！

我是負責看守大門的杏花 主人早把鎖匙交給我保管了，那天我伸出園外就是想找你，沒想到你只遠遠看了我一下就離開了……

遊園不值

葉紹翁・七言絕句

應憐屐齒印蒼苔，

小扣柴扉久不開。

春色滿園關不住，

一枝紅杏出牆來。

也許是園主擔心

我的木屐踩壞他那愛惜的青苔，

我輕輕地敲柴門，久久沒有人來開門。

可是這滿園的春色畢竟關不住，

你看，

那兒有一枝粉紅色的杏花伸出牆頭來。

掃一掃

聽錄音！

歷史文化小知識：木屐

木屐，簡稱屐，由中國人發明，是一種兩齒木底鞋，走起路來吱吱作響。南方氣候溫暖潮濕，適合在雨天時穿着在泥上行走。

木屐是漢晉隋唐時期的普遍服飾。漢代女子出嫁之時會穿上彩色繫帶的木屐。晉朝時，木屐有男方女圓的區別。南朝宋之時，貴族為了節儉也穿木屐。木屐後來傳入日本，流行至今。

寫作背景：春光

詩人葉紹翁長期隱居於杭州西湖之濱，他最佳的作品都是絕句，擅長於寫景。這首詩寫江南二月的春光，可謂詩人的代表作。詩人遊園不成，卻見春意暖陽的動人情景，便借田園風光的幽靜愜意，帶出**春光藏不住、別有天地的哲理**。

一

yīng lián jī chǐ yìn cāng tái

應憐[1]屐齒[2]印蒼苔[3]，

xiǎo kòu chái fēi jiǔ bù kāi

小扣柴扉[4]久不開。

二

chūn sè mǎn yuán guān bú zhù

春色滿園關不住，

yì zhī hóng xìng chū qiáng lái

一枝紅杏出牆來。

1. 憐：愛惜。
2. 屐齒：古人所穿木屐是兩齒木底鞋，便於在泥地行走。
   屐粵 kek6（劇）普 jī。
3. 蒼苔：青苔。
4. 柴扉：柴門。扉粵 fei1（非）普 fēi。

一

詩人在春日裏來到一座小小花園的門前，想看看園裏的花木。他輕輕敲了幾下柴門，沒有回應；又敲了幾下，還是沒人應聲。原因是甚麼呢？於是，詩人猜想大概是園主怕園裏的滿地青苔會被他的木屐所踐踏，所以閉門謝客。本來遊園不成，雅興應會大減，但詩人滿眼都是春意，想到的也是惜春，可見詩人**隨遇而安**的個性。

詩人在這兩句中以一靜一動的對比，帶出藏不住的春意春光。他在花園外徘徊，靜思着園內的美景，抬頭之間，忽見牆上一枝盛開的紅杏花探出頭來。**詩人從一枝盛開的紅杏花，領略到滿園熱鬧的春色**，感受到滿天絢麗的春光，感覺不虛此行，也感到春意不僅在園內，也在心內。

主旨

這首詩描寫一個**由隱到顯的尋春經過**。詩人遊園不成，本該感到失望，不料卻看見從園中伸出來一枝杏花，從而能領略到牆內的滿園春色，便轉為驚喜。

全詩佈局曲折、有層次，詩人亦能以小見大，從關不住的杏花，暗示關不住春天的生機，富有理趣，令人留下深刻印象。

寫作技巧：示現

示現是**把不在眼前的事物描寫得歷歷在目**的修辭手法。在《遊園不值》裏，詩人善於突出重點，用一「出」字把紅杏花擬人化，抓住了春光的重點，更打開了一小口的門，以一枝紅杏代表牆內百花，使讀者能輕易聯想到園內的千紅萬紫。

於是，「紅杏出牆」便表達了春色滿園關不住的景象，產生如歷其境的效果，亦令「春色滿園關不住，一枝紅杏出牆來」，成為千古流傳的名句。

詩與生活

你有沒有試過帶着滿心期待前往，最終卻失望而歸的經驗？你有甚麼感受呢？

動態時報 關於

基本資料

背景

「樂府」起源於秦代，本指管理音樂的官署。漢代，漢武帝擴大「樂府署」的規模，令其搜集民間的歌辭入樂。因此，後世將由「樂府署」搜集整理的詩歌稱為「樂府詩」。

職責

採集民間歌謠或文人的詩來配樂，以備朝廷祭祀或宴會時演奏之用。

朋友·8,766

首頁

朋友　相片　更多▾

【專訪退役老兵】

考考各位一道數學題：十五從軍征，八十始得歸。那麼老兵服役共多少年呢？想知道答案，和漢代的軍人生活的話，記得留意我們的粉絲專頁哦！

#你猜你八十歲的時候會怎樣？ #下面開放留言 #大家來發揮一下小宇宙 #讓老兵感受一下年輕的力量吧！

1,071　534留言

十五從軍征

佚名・漢樂府

歷史文化小知識：徵兵

秦朝行徵兵制，兵役和勞役極為繁重。當時全國有兩千多萬人口，而經常被徵召服兵役、勞

掃一掃

聽錄音！

役的就有二三百萬人。漢承秦制，規定不論貴賤，男子二十歲就要在官府登記，並且根據三年耕一年儲的原則，從二十三歲起正式服役，直到五十六歲止。不過，日後戰爭頻繁，五十六歲退役一限已形同虛設。

寫作背景：悲痛

漢武帝時設有「樂府」這一個官方機構，負責採集民間歌謠，製成樂章，作為宮庭的娛樂。

後來人們把「樂府」所整理的歌叫「樂府詩」。這是一首敘事樂府詩，描繪了一個「少小離家老大回」的老兵返鄉途中與到家之後的情景，抒發了這一老兵的悲痛的情感，也**反映了當時的社會現實**。

一

shí wǔ cóng jūn zhēng
十五從軍征，

bā shí shǐ dé guī
八十始得歸。

dào féng xiāng lǐ rén
道逢鄉里[1]人，

jiā zhōng yǒu ā shéi
家中有阿誰[2]？

二

yáo wàng shì jūn jiā
遙望是君[3]家，

sōng bǎi zhǒng léi léi
松柏冢纍纍[4]。

tù cóng gǒu dòu rù
兔從狗竇[5]入，

zhì cóng liáng shàng fēi
雉[6]從梁上飛。

1. 鄉里：鄉和里是古代分區的小單位，古人一般聚族而居，所以鄉里即代稱家鄉。
2. 阿誰：猶言「誰」。阿，發語詞，沒有實質意義。
3. 君：敬稱，即「您」。
4. 冢纍纍：丘墳一個連一個。
5. 狗竇：牆上的狗洞。竇 粵 dau6（逗），孔、洞。
6. 雉：粵：zi6（治）。野雞。

三

zhōng tíng shēng lǚ gǔ
中庭[7]生旅穀[8]，
jǐng shàng shēng lǚ kuí
井上生旅葵[9]。
pēng gǔ chí zuò fàn
烹穀持作飯，
cǎi kuí chí zuò gēng
采葵持作羹。

四

gēng fàn yì shí shú
羹飯一時[10]熟，
bù zhī yí ā shéi
不知貽[11]阿誰？
chū mén dōng xiàng wàng
出門東向望，
lèi luò zhān wǒ yī
淚落沾我衣。

7. 中庭：院子。

8. 旅穀：未經播種而野生的植物叫「旅」。野生的穀便叫「旅穀」。

9. 旅葵：野生的菜。

10. 一時：一會兒。

11. 貽：粵 ji4（疑）。送給。

語譯

剛滿十五歲的少年就出去打仗，到了八十歲才回來。路上碰到一個鄉下的人，問：「我家裏還有甚麼人？」

「你遠望你家，現在已是松柏樹林中的一片墳墓。」

走到家門前看見野兔從狗洞裏出進，野雞在屋脊上飛來飛去。

院子裏長着野生的穀子，野生的葵菜環繞着井台。用搗掉殼的野穀來做飯，摘下葵葉來煮湯。

湯和飯一會兒都做好了，卻不知贈送給誰吃。走出大門向着東方張望，老淚縱橫，灑落在征衣上。

詩人開首以兩組數字道出從軍之苦：「十五」歲從軍，「八十」歲才回。數字看似平淡無奇，卻道出了**兵役之長之苦**的深刻社會背景。詩人沒有交待老兵奔赴何處、軍旅生活如何、戰況怎樣，只從數字已能帶出思考。

離家太久，老兵對家園和親人的現狀感到茫然。遇到鄉里人，一句「家中有阿誰」的追問，問家中還有誰僥幸苟活人世呢？情真意切，使人如在眼前。

二 詩人借鄉里人之口的回答，使老兵盼望家的最後希望落空——他的「家」現在已是一個接一個的丘墳。青青松柏、纍纍墳塚，在動亂的年月，親人中竟無一幸存。老兵一下子舉目無親，孤苦無依。擺在他面前的，還有野兔野雞亂七八糟的情景，滿眼**荒涼悽楚的景象**。

三 詩人沒有直書老兵家中庭園荒蕪雜亂，只以中庭、井邊隨意生長的穀物和葵菜去描寫**人去樓空，人亡園荒**，形象鮮明，倍傷人心神。一個風塵僕僕的老人，回家卻見家人盡喪，庭園盡蕪，此情此景，試問誰能不心酸呢？

四　老兵做好了飯，但已沒有可分享的家人。他走出年久失修的破門，向東方看去，彷彿驚醒過來，終於明白了自己的苦況，哭了起來。服了整整六十五年兵役的人，竟然是全家唯一的幸存者，那些沒有服兵役的親人們，墳上松柏都已葱葱鬱鬱，可以想見他們生前貧寒淒苦的生活，甚至還不如每時每刻都可能犧牲的士卒。

主旨

詩人藉老兵為國征戰六十五載卻有家歸不得，等到歸時卻又無家可歸的不幸遭遇和慘痛心情，**控訴徵兵制度的黑暗**，道出了人民的不幸和社會的凋敝、時代的動亂。全詩運用白描手法繪景寫人，層次分明，語言質樸，且**以哀景寫哀情**，情真意切，極具特色，也頗能體現漢樂府即景抒情的藝術特點。

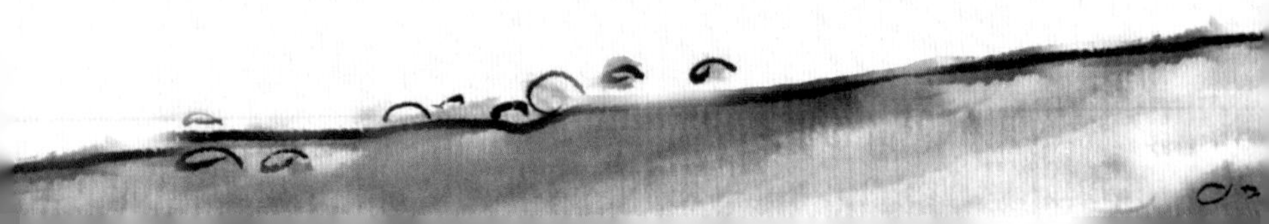

寫作技巧：對比

把兩個相對的事物，或同一事物的兩個不同方面放在一起加以比照的修辭手法。詩人在《十五從軍征》裏以兩個歲數（15和80）的對比，突出兵役之長。其中作者刻意隱去了這六十五年來老兵的軍旅生活如何兇險艱辛，但由少年變白頭，對比強烈，形象鮮明，作者的強烈控訴已躍然紙上。

詩與生活

你試過和家人分隔一段時間不見面嗎？再見面時你的心情是怎樣呢？

動態時報 關於

基本資料

生卒
公元365？—427

鄉下
潯陽柴桑（今江西省九江市）

仕途
做過幾次小官，但每次時間都很短

字／號
又名淵明，號五柳先生

朋友·640

首頁

朋友　相片　更多

陶潛——覺得太棒了

【歡迎大家加入新坑——雜詩】
我又來開新系列囉！暫定寫個十二首，夠500個讚好再貼出第二首
#此人騙讚 #大家還甘願被騙嗎？ #快用讚好打倒我 #等你唷

69　31留言

劉柴桑 頭香！！！恭喜陶大哥開新坑，第一個讚好先送上(雙手奉上)

張詮 被騙的默默+1但願陶兄無病無痛，不會藉故休刊，但願我不用留下遺言讓子孫把最新作品燒給我看Orz

雜詩（其一）

陶潛・五言古詩

人生無根蒂，
飄如陌上塵。
分散逐風轉，
此已非常身。
落地爲兄弟，
何必骨肉親！
得歡當作樂，
斗酒聚比鄰。
盛年不重來，
一日難再晨，
及時當勉勵，
歲月不待人。

語譯

人生在世沒有根蒂，漂泊如路上的塵土。生命隨風飄轉，此身歷盡了艱難，已非原來的樣子了。

應把世人都視同兄弟，何必視親生

掃一掃

聽錄音！

的兄弟才最親呢？遇到高興的事就應當適時行樂，要邀請近鄰共飲美酒。

青春一旦過去便不可能重來，一天之中永遠看不到第二次日出。應當趁年輕時勉勵自己，因為光陰流逝，並不等待人。

歷史文化小知識：不爲五斗米折腰

為了養家糊口，陶潛來到離家鄉不遠的彭澤當縣令。其時督郵劉雲以兇狠貪婪聞名遠近，每年以巡視為名索賄，陶潛不肯趨炎附勢，長歎一聲：「吾不能為五斗米折腰，拳拳事鄉里小人邪！」（我怎能為了縣令的五斗薪俸，就低聲下氣去向這些小人賄賂獻殷勤！）此句遂比喻為人不庸俗，有骨氣，不為利祿所動。

寫作背景：無常

詩人陶潛共有《雜詩》十二首，此為第一首，作於詩人五十歲時，距其「不為五斗米折腰」辭官歸田已有八年時間。全詩主題是**慨歎人生之無常**，感喟生命之短暫。

一

rén shēng wú gēn dì
人生無根蒂[1]，

piāo rú mò shàng chén
飄如陌上[2]塵。

fēn sàn zhú fēng zhuǎn
分散逐風轉，

cǐ yǐ fēi cháng shēn
此已非常身[3]。

（轉 132 頁）

1. 蒂：粵 dai3（帝）。即花或瓜果跟枝莖相連的部分。
2. 陌上：田間小路上。
3. 非常身：常，永恆不變。非常身，身體非永恆不變，已不是原來年輕力壯的模樣了。

這是一首慨歎時光易逝、人生無常的詩。

詩人首先慨歎「人生無根蒂」，人生在世，無常多變，如無根之木、無蒂之花，沒有着落，沒有根柢，又好比是大路上隨風飄轉的塵土。由於**命運變幻莫測**，每個人都不得不受其擺佈，漂泊不定；在經歷種種遭遇和變故後，人便再也難以保持最初的本性了。

詩人在這四句中，以近乎直白的話，將人生比作無根之木、無蒂之花，再比作陌上之塵。這決非詩人無病呻吟，因他所生的年代政治黑暗，官場污濁，在經歷了戰亂頻仍和目睹民不聊生後，心有所感，便把深刻的人生體驗寫了出來，透露出至豁達的體悟。

（接 130 頁）

二

luò	dì	wéi	xiōng	dì	
落	地[4]	爲	兄	弟	，
hé	bì	gǔ	ròu	qīn	
何	必	骨	肉	親	！
dé	huān	dāng	zuò	lè	
得	歡	當	作	樂	，
dǒu	jiǔ	jù	bǐ	lín	
斗	酒[5]	聚	比	鄰[6]	。

三

shèng	nián	bù	chóng	lái	
盛	年	不	重	來	，
yí	rì	nán	zài	chén	
一	日	難	再	晨	，
jí	shí	dāng	miǎn	lì	
及	時	當	勉	勵	，
suì	yuè	bú	dài	rén	
歲	月	不	待	人	。

4. 落地：一生下來。
5. 斗酒：杯酒。斗，一種酒器。
6. 比鄰：近鄰。比粵 bei6（備）。

詩人在前四句道盡人生無常，緊接着，便用借問手法，說何必計較骨肉之親、血緣之情呢？但凡來到這個世界上的人，都應該成為兄弟。就算非同父同母的人，只要志趣相投，感情相合，亦能發揮**「四海之內皆兄弟」**的博愛精神。

這是詩人把體驗昇華：既然人生如此無常，人就不必落在自怨自艾中，亦不必狹隘固執，倒不如和鄰人飲酒作樂，享受一刻的歡愉，來得更痛快。

在這首詩最後四句中，詩人領悟到：既然生命是這麼短促，人生是這麼不可把握，社會是這麼黑暗，那何不及時行樂呢？「一日難再晨」，如果生活中還能尋得一點點快樂，那就不要錯過，要及時抓住它。

而早晨亦象徵人一生最年富力強的美好時光，比喻每個人都只能年輕一次，勉勵世人要**捉緊有限的盛年**，不要讓大好時光白白溜走。因為，歲月是不會等待人的。

主旨

詩人生活在戰爭頻仍的時代，命在旦夕。這一首詩是他的真實感受，由命運無常開始，進而道出眾生皆無常、眾生皆平等，勸勉人們要**珍惜時光、及時行樂**。

今天，我們生活在物質豐富的和平年代，缺乏時不我待、歲月不饒人的危機感，更該及時做有意義的事。在求學階段，最能使我們快樂和得益的事，就是努力讀書。

寫作技巧：比喻

即「打比方」，是利用事物之間相似之處，**把某一事物比作另一事物**的修辭手法。比喻一般包括三部分：本體（被說明的事物）、喻體（用來說明的事物）、比喻詞（表示兩者的比喻關係的詞語）。

詩人在《雜詩（其一）》裏以無根蒂比喻人生的無常，使所刻畫的事物形象更鮮明、生動、具體，給人深刻的印象。

詩與生活

你認為人人皆平等嗎？你會視同學為親人嗎？為甚麼？

基本資料

簡介

樂府歌謠產生於漢代，武帝時設有「樂府」這一個官方機構，仿效周代到各國收集民間詩歌的做法，以便了解民間疾苦。後來人們把「樂府」所整理的歌辭叫「樂府詩」或簡稱「樂府」，再後來漸指一種文學體裁。

北朝樂府的內容偏重社會生活，風格爽朗率真。

朋友·3,533

朋友　相片　更多

北朝樂府分享了學而偶玩之的帖子。

這是小編見過最有創意的改編了，可是……怎麼覺得有點餓了？

唧唧復唧唧，想吃肯X基。
不聞口水聲，唯聞女歎息。
問女何所思，問女何所憶。
女把漢堡思，女把雞翅憶。
昨夜見雞券，節日大減價。
雞券十二張，張張有雞翅。

4,773　2,044留言

木蘭詩

佚名．北朝樂府

掃一掃

聽錄音！

歷史文化小知識：東西

我們習慣將一切物體統稱為「東西」。中國古代把木、金、火、水、土稱為「五行」（分別代表東、西、南、北、中五個方位），東方屬木，代表一切植物；西方屬金，代表一切金屬礦物；南方屬火，北方屬水，中方屬土。木（植物）和金（金屬礦物）最受重視，可以代表一切有用物質。於是，人們就把代表「木」和「金」的兩個方位聯在一起，組成「東西」一詞，代表世界上的所有物體。

寫作背景：孝順

《木蘭詩》是南北朝時期北方的一首長篇敍事民歌。千多年來，木蘭的經歷都在不同的小說和戲曲中傳誦，人們對木蘭的孝順和英勇讚歎不已。《木蘭詩》記述了木蘭女扮男裝，代父從軍，征戰沙場，凱旋回朝，建功受封，辭官還家的故事，充滿傳奇色彩。

一

jī jī fù jī jī　mù lán dāng hù zhī
唧唧復唧唧[1]，木蘭當戶織[2]。

bù wén jī zhù shēng　wéi wén nǚ tàn xī
不聞機杼[3]聲，惟聞女歎息。

wèn nǚ hé suǒ sī　wèn nǚ hé suǒ yì
問女何所思，問女何所憶。

nǚ yì wú suǒ sī　nǚ yì wú suǒ yì
女亦無所思，女亦無所憶。

zuó yè jiàn jūn tiē　kè hán dà diǎn bīng
昨夜見軍帖，可汗[4]大點兵，

jūn shū shí èr juàn　juàn juàn yǒu yé míng
軍書十二卷，卷卷有爺[5]名。

ā yé wú dà ér　mù lán wú zhǎng xiōng
阿爺無大兒，木蘭無長兄，

yuàn wèi shì ān mǎ　cóng cǐ tì yé zhēng
願爲市鞍馬[6]，從此替爺征。

1. 唧唧：粵 zik1（即）。象聲詞。這裏指織布機發出的聲音。
2. 當戶織：對門織布。
3. 機杼：指織布機。杼 粵 cyu5（柱）。
4. 可汗：古代某些少數民族對最高統治者的稱呼。粵 hak1hon4（克寒）。
5. 爺：父親。
6. 願為市鞍馬：市作動詞，意指買；鞍馬，泛指馬和馬具。

二

dōng shì mǎi jùn mǎ　xī shì mǎi ān jiān

東市買駿馬，西市買鞍韉[7]，

nán shì mǎi pèi tóu　běi shì mǎi cháng biān

南市買轡頭[8]，北市買長鞭。

dàn cí yé niáng qù　mù sù huáng hé biān

旦辭爺娘去，暮宿黃河邊，

bù wén yé niáng huàn nǚ shēng

不聞爺娘喚女聲，

dàn wén huáng hé liú shuǐ míng jiān jiān

但聞黃河流水鳴濺濺[9]。

dàn cí huáng hé qù　mù sù hēi shān tóu

旦辭黃河去，暮宿黑山[10]頭，

bù wén yé niáng huàn nǚ shēng

不聞爺娘喚女聲，

dàn wén yān shān hú qí shēng jiū jiū

但聞燕山胡騎聲啾啾[11]。

7. 韉：粵 zin1（煎）。馬鞍下的墊子。
8. 轡頭：駕馭馬匹所用的嚼子（橫放在馬嘴裏的小鐵鏈）和繩（牽馬的繩子）。轡 粵 bei3（臂）。
9. 濺濺：粵 zin1（煎）。象聲詞，形容水流聲。
10. 黑山：和下文的燕山，都是當時北方的山名。燕 粵 jin1（煙）。
11. 胡騎聲啾啾：騎是坐騎，馬。粵 kei3（冀）。啾是象聲詞，馬淒厲的叫聲。粵 zau1（周）。

三

wàn	lǐ	fù	róng	jī	
萬	里	赴	戎	機[12]	，
guān	shān	dù	ruò	fēi	
關	山	度	若	飛[13]	。
shuò	qì	chuán	jīn	tuò	
朔	氣	傳	金	柝[14]	，
hán	guāng	zhào	tiě	yī	
寒	光	照	鐵	衣[15]	。
jiāng	jūn	bǎi	zhàn	sǐ	
將	軍	百	戰	死	，
zhuàng	shì	shí	nián	guī	
壯	士	十	年	歸	。

12. 戎機：軍事行動。
13. 關山度若飛：度字解經過，像飛一樣跨過一道道的關口，越過一座座的山嶺。若飛：形容速度又快又急像飛行一般。
14. 朔氣傳金柝：朔，北方。柝，古時打更用具，粵 tok3（托）。北方的寒氣中傳送着軍中打更的聲音。
15. 鐵衣：古時軍人穿上作戰的護身衣，多用金屬片綴成。

四

guī lái jiàn tiān zǐ
歸來見天子，

tiān zǐ zuò míng táng
天子坐明堂[16]。

cè xūn shí èr zhuàn
策勳十二轉[17]，

shǎng cì bǎi qiān qiáng
賞賜百千強。

kè hán wèn suǒ yù
可汗問所欲，

mù lán bú yòng shàng shū láng
木蘭不用尚書郎[18]，

yuàn jiè míng tuó qiān lǐ zú
願借明駝[19]千里足，

sòng ér huán gù xiāng
送兒還故鄉。

16. 明堂：古代皇帝舉行大典和接見大臣的殿堂。
17. 策勳十二轉：記下多次超卓的軍功。轉，指記功或升級的次數。
18. 尚書郎：指朝中高官。
19. 明駝：一種跑得快的馬。

五

yé niáng wén nǚ lái, chū guō xiāng fú jiāng;
爺娘聞女來，出郭相扶將[20]；

ā zǐ wén mèi lái, dāng hù lǐ hóng zhuāng;
阿姊聞妹來，當戶理紅妝；

xiǎo dì wén zǐ lái,
小弟聞姊來，

mó dāo huò huò xiàng zhū yáng.
磨刀霍霍向豬羊。

kāi wǒ dōng gé mén, zuò wǒ xī gé chuáng,
開我東閣門，坐我西閣牀，

tuō wǒ zhàn shí páo, zhuó wǒ jiù shí cháng.
脫我戰時袍，著我舊時裳。

dāng chuāng lǐ yún bìn, duì jìng tiē huā huáng.
當窗理雲鬢[21]，對鏡帖花黃[22]。

chū mén kàn huǒ bàn, huǒ bàn jiē jīng huáng.
出門看火伴[23]，火伴皆驚惶。

tóng xíng shí èr nián,
同行十二年，

bù zhī mù lán shì nǚ láng.
不知木蘭是女郎。

20. 出郭相扶將：互相扶持，走出外城等候。

21. 理雲鬢：梳理多而美的頭髮。雲字形容髮多如雲團。
鬢 粵 ban3（殯）。

22. 花黃：當時婦女臉上的裝飾。

23. 火伴：通「伙伴」或「夥伴」，這裏指一起作戰的士兵。

六

xióng tù jiǎo pū shuò
雄兔腳撲朔[24]，

cí tù yǎn mí lí
雌兔眼迷離[25]；

shuāng tù bàng dì zǒu
雙兔傍地走[26]，

ān néng biàn wǒ shì xióng cí
安能[27]辨我是雄雌？

24. 撲朔：爬搔。傳說雄兔靜臥時，兩隻前腳時時抓搔。
25. 迷離：瞇着眼。傳說雌兔靜臥時，兩隻眼睛時常瞇着。
26. 傍地走：貼地面跑。
27. 安能：怎能。

語譯

織布機發出「唧唧」的聲音，木蘭面對着房門織布，卻聽不見織布的聲音，只聽見木蘭在歎息。問木蘭在想甚麼？問木蘭在惦記甚麼？（木蘭答道）我也沒有在想甚麼，也沒有在惦記甚麼。昨天晚上看見徵兵文書，知道君主在大規模徵兵，那麼多卷徵兵文冊，每一卷上都有父親的名字。父親沒有大兒子，木蘭沒有兄長，木蘭願意到集市上買馬鞍和馬匹，替代父親征戰。

木蘭在集市各處購買征戰的馬具，第二天早晨離開父母，晚上宿營在黃河邊，聽不見父母呼喚女兒的聲音，只能聽到黃河流水聲。第二天早晨離開黃河上路，晚上到達黑山頭，聽不見父母呼喚女兒的聲音，只能聽到燕山胡兵戰馬的啾啾鳴叫聲。

不遠萬里奔赴戰場，翻越重重山峰就像飛起來那樣迅速。北方的寒氣中傳來打更聲，月光映照着戰士們的鎧甲。將士們身經百戰，有的為國捐軀，有的轉戰多年勝利歸來。

勝利歸來的將士朝見天子，天子坐在殿堂（論功行賞）。他給木蘭記很大的功勳，得到的賞賜比千百金還多。天子問木蘭有甚麼要求，木蘭說不願做尚書郎，只希望騎上千里馬，回到故鄉。

父母聽說女兒回來了，互相攙扶着到城外迎接她；姐姐聽說妹妹回來了，對着門戶梳妝打扮起來；弟弟聽說姐姐回來了，忙着霍霍地磨刀殺豬宰羊。木蘭把家裏每一處都瞧了個遍，脫去打仗時穿的戰袍，換上女孩子的衣裳，當着窗子、對着鏡子整理漂亮的頭髮，在臉上貼上裝飾物。走出去看一起打仗的夥伴，夥伴們很吃驚，（都說我們）同行數年之久，竟然不知木蘭是女孩。

（提着兔子耳朵懸在半空中時）雄兔兩隻前腳時時動彈，雌兔兩隻眼睛時常瞇着，所以容易分辨。雄雌兩兔一起並排跑，又怎能分辨哪個是雄兔哪個是雌兔呢？

詩人在開首一段，以織機聲開篇，呈現了從軍前木蘭的女兒態，她和當時的婦女一樣，主要的日常工作就是織布。忽然，木蘭停機歎息，無心織布，這就不禁令人

奇怪了。此處詩人引出一問一答，道出木蘭的心事。木蘭「歎息」老父年紀老大，卻仍在被徵召之列，家中又無長男，於是決定代父從軍。

這一節中，詩人**交代了木蘭代父從軍的原因**，就是孝順。由此，一個孝順、勇敢、機智的傳奇女性形象初現。

詩人在第二段寫木蘭**出征前的準備及戰場與家鄉的比較**。詩人用四句排比，寫木蘭購買戰馬和乘馬用具，並在第二日出發的過程，由此我們見到一個做事果斷、井然有序的女性，也強化了木蘭巾幗不讓鬚眉的形象。

接下來，詩人以黃河流水聲和燕山胡騎嘶鳴的淒厲緊張，與爺娘喚女聲的溫暖和諧作比較，使人感到戰爭的壓力，又令讀者不禁想到：一個女兒身如何能在這艱苦的環境中生存呢？

三

詩人在第三段略寫木蘭**十年來的征戰生活**。詩人用「萬里」、「度若飛」等，畫龍點睛地道出木蘭萬里長征、翻山越嶺、攻城掠地的豪邁。寒光映照着身上冰冷的鎧甲，在這個小片段中，讀者不難遙想「一將功成萬骨枯」，概括了戰鬥的激烈悲壯，九死一生。木蘭能在慘烈的環境下生存並建功，可見其英勇善戰。

四

詩人在第四段，寫木蘭**還朝辭官**。先寫木蘭朝見天子，然後寫木蘭功勞之大，天子賞賜之多。但對木蘭來說，高官厚祿都不是她心中所求，木蘭辭官不就，只願意回到自己的故鄉。這一節描寫，一方面表達了木蘭不為功名所誘，另一方面更深化了木蘭孝順的形象。

五

詩人在第五段，寫木蘭**還鄉與親人團聚**。木蘭的父母姊弟聽說木蘭要回家了，都非常雀躍。詩人以不多但傳神的筆墨，分別敍述了各人為迎接木蘭歸家的舉措，既貼合各人的身分年齡，亦借描寫家中的歡樂氣氛，展現濃郁的親情。

家人歡迎木蘭，木蘭亦渴望團聚，從她歸家後一系列的舉動：在久違的家中四處張看、脫下戰衣，換上舊時女兒打扮等，都表現了木蘭對回到女兒身的迫不及待和從軍的迫不得已。

與木蘭同吃同穿多年的戰友和夥伴，紛紛驚訝木蘭竟然是女兒身的事實。他們的反應充分反映了木蘭的勇氣與機敏非凡：一個女子，活在軍營與戰場中，該有怎樣的身手與膽色，才能跟一眾男子看齊？

最後，詩人用**兩隻兔子的比喻**解釋了木蘭代父從軍多年未被發現的原因，並以反問作結，讓人回味不已。

主旨

這首詩從**多角度、多方面塑造木蘭形象**。木蘭是女兒身，她的愛好和同時代的女子一樣；她又有男兒心，機智果斷、征戰勇敢，愛家愛國，更不慕高官厚祿。全詩人物形象寫來生動細緻，又極富生活氣息，結構緊湊。

寫作技巧：排比

把三個或以上**結構相同或相近、意思相關、字數大致相等、語氣一致的語句相連地排列在一起**的修辭手法。

詩人在《木蘭詩》裏，以「東市買駿馬，西市買鞍韉，南市買轡頭，北市買長鞭」這組排比句，給人一氣呵成的感覺，增強說話的氣勢，表明了木蘭從軍準備工作的繁忙、又表現了她從軍態度的積極。

詩與生活

在和平年代，我們不用受征戰之苦，也無需「代父從軍」。那麼，我們應如何表現孝道呢？

動態時報　　關於

基本資料

生卒
公元698？—756？

鄉下
京兆長安
（今陝西省西安市）

官職（部分）
曾任江寧丞、
龍標尉等官職

字／號
字少伯

朋友・1,066

朋友　相片　更多

王昌齡——覺得靈感來了

剛才經過一幢翠樓，看到一個凝妝少婦盯着外面的楊柳歎氣，一定是有個淒美的故事，讓我替她寫下來吧！

42　39留言

孟浩然 捕快叔叔，就是這個人，就是他裝作光明正大地偷看女生！

李頎 她的丈夫應該是去從軍了罷？現在到邊疆立功，是求取功名的一條捷徑呢！

閨怨

王昌齡・七言絕句

閨中少婦不知愁，
春日凝妝上翠樓。
忽見陌頭楊柳色，
悔教夫婿覓封侯。

語譯

閨中少婦未曾有過相思離別之愁，
在明媚的春日，她精心妝扮，登上高樓。
忽然，她看到路邊的楊柳春色，
便後悔當初不該讓丈夫從軍邊塞，
建功封侯。

掃一掃

聽錄音！

歷史文化小知識：妝粉

中國婦女使用妝粉至少在戰國就開始了。最古老的妝粉有兩種成分，一種是以米粉研碎製成，古「粉」字從「米」從「分」；另一種妝粉是將白鉛化成糊狀的面脂，俗稱「胡粉」。因為它是化鉛而成，所以又叫「鉛華」。兩種粉都是用來敷面，使皮膚保持光潔。

寫作背景：宮閨怨詩

詩人王昌齡是盛唐人，開元十五年（公元727）進士及第，在開元、天寶年間，是名重一時的詩人。他擅寫七言絕句，題材包括邊塞、宮怨、閨怨、送別等。在詩人一系列宮閨怨詩中，《閨怨》是最突出的作品。

一
guī zhōng shào fù bù zhī chóu
閨[1]中少婦不知愁，
chūn rì níng zhuāng shàng cuì lóu
春日凝妝上翠樓[2]。

二
hū jiàn mò tóu yáng liǔ sè
忽見陌頭[3]楊柳色，
huǐ jiāo fū xù mì fēng hóu
悔教[4]夫婿覓封侯[5]。

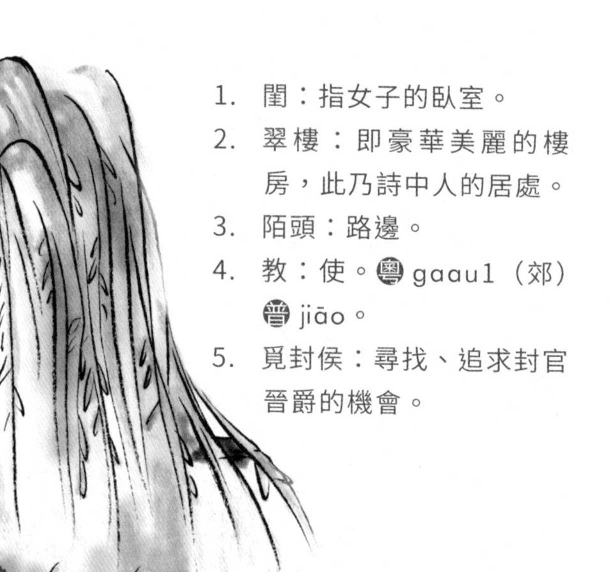

1. 閨：指女子的臥室。
2. 翠樓：即豪華美麗的樓房，此乃詩中人的居處。
3. 陌頭：路邊。
4. 教：使。粵 gaau1（郊）普 jiāo。
5. 覓封侯：尋找、追求封官晉爵的機會。

詩人從「少婦不知愁」開始寫，寫少婦在春光明媚的日子裏，**盛裝登樓遠眺**的情景，一派春光無限好的景象。這時，詩人呈現了少婦的好心情，同時將少婦的天真無邪和愛美本性顯露無遺。但透過「不知愁」三字，已點出詩人對少婦的評價，讀者讀到這會隱隱約約感到這一切的美好都是**虛幻**的。

詩人在第三句代入少婦的世界。春日裏尋常可見的楊柳，詩人卻用「忽見」二字，可謂別有深意——要知道楊柳是古代友人**別離時相贈的禮物**。看見春日的楊柳，少婦忽然驚覺，自己與丈夫離別已久，眼前所見已不是燦爛春色，而是聯想到與丈夫惜別時的情境。

第四句中，少婦**由思念到後悔**，道出了當年無知，鼓勵丈夫從軍，以期建功封侯是多麼的不智，落得今天分隔兩地的境況，眼前春色正好，卻只能孤獨面對。

主旨

詩人從一個天真浪漫的少婦登樓賞春寫起，寫她忽見柳色而勾起情思；想起時光流逝，夫君未歸，悔恨當初慫恿的過錯。詩人淡淡處理怨愁，卻描畫了少婦微妙的心理變化軌跡：**無愁到知愁到悔愁**，把少婦心理的微妙變化，寫得入木三分。

寫作技巧：對比

對比是把兩個相對的事物，或同一事物的**兩個不同方面放在一起加以比照**的修辭手法。在《閨怨》一詩中，王昌齡把少婦登樓時的「喜」對比看見柳色後的「悔」，把思念寫得更顯著，形象更鮮明，亦能把道理說得更深刻。

詩與生活

在學校裏，有沒有發生甚麼事情是讓你感到後悔呢？你會去做甚麼來補救呢？

小學生古詩遊

聽·讀·學　高階（下）

作　　者　**邱逸**

插　　圖　胡嘉慧
責任編輯　郭子晴　劉綽婷
裝幀設計　明　志
排　　版　黎品先
印　　務　劉漢舉

出版　中華教育
香港北角英皇道 499 號北角工業大廈 1 樓 B
電話：（852）2137 2338　傳真：（852）2713 8202
電子郵件：info@chunghwabook.com.hk
網址：http://www.chunghwabook.com.hk

發行　香港聯合書刊物流有限公司
香港新界大埔汀麗路 36 號
中華商務印刷大廈 3 字樓
電話：（852）2150 2100　傳真：（852）2407 3062
電子郵件：info@suplogistics.com.hk

印刷　美雅印刷製本有限公司
香港觀塘榮業街 6 號 海濱工業大廈 4 樓 A 室

版次　2018 年 5 月第 1 版第 1 次印刷

規格　40 開（165mm × 138mm）

ISBN　978-988-8512-42-3